文芸社セレクション

千本桜

九条 之子

KUJO Yukiko

JN179532

文芸社

目次

第一章　小道具 …… 5
第二章　オーディション …… 41
第三章　夢舞台 …… 75
第四章　スクランブル …… 115
第五章　逆襲 …… 151
第六章　絆 …… 191

第一章　小道具

（一）

篠原昌也が、今までの三十六年の人生の中で、一番幸せだと思うことは、女房の繭子と出会ったことだ。

昌也は、「歌舞伎役者」だ。繭子は、歌舞伎の小道具を扱う会社に勤めている。

歌舞伎役者と言っても、昌也は「御曹司」ではない。

いわゆる「育成」から育った役者だ。

歌舞伎の「育成出身」は、プロ野球の「育成出身」よりも、更に厳しい。

それは、歌舞伎が本来、「家の芸を継ぐ」というものだからだ。育成出身歌舞伎役者には、継ぐべき「家」がない。

プロ野球の世界では、

「育成出身の○○君が、大活躍！」

なんてことが、たまにある。

が、歌舞伎の世界では余程のことがない限り、育成の役者には活躍の場が与えられない。

「大活躍」をすることが出来るとしたら、凄くラッキーなことが起きるか、元々、飛び抜けて「美しい」か、のどちらかだ。

昌也は勿論、飛び抜けて美しい、とまではいかない。せいぜい、「結構イケメン」と言われる程度だ。

でも、「結構イケメン」と言われる程だったから、「ウラカタ歌舞伎株式会社」の小道具担当、篠原繭子の目に留まることができたのだ。

歌舞伎界では、「御曹司」は、歌舞伎の名門の「お嬢様」と結婚するのが普通だ。

「お嬢様」でなかったら、やっぱりこちらも、「凄く美しい」かだ。

繭子も「綺麗な子」ではあるが、「凄く美しい」とまではいかない。

だから昌也と繭子は、結婚をした。繭子は篠原家の一人娘だったから、昌也は篠原家の「婿」になったのだ。

昌也の両親は、

「なんで、『婿』なんかになるんだ！」

と怒った。が、

「育成出身の歌舞伎役者なんか、一生食えないよ！」

と、昌也が自信を持って言い切ったものだから、何も言えなくなった。

昌也が次男だから、両親も案外あっさりと折れてくれたのかもしれない。

それからもう一つ、「幸運」なことが起きた。それは、昌也の父、加藤隆也が、繭子の父、篠原康介を気に入ってしまったことだ。

それが、昌也の「婿入り」の許可に繋がった。

昌也と繭子が付き合っていた頃、まだ五十代の半ばだった篠原康介は、大手出版社の編集部部長をしており、大層立派な紳士だった。

一方、昌也の父、加藤隆也は、高校の国語の教師をしており、二人は「国語」繋がりかどうかは分からないが、とにかく意気投合してしまったのだ。

おかげで、昌也は篠原家の婿になることを許されたのだから、父親同士が気が合ったことは、昌也にとっては、とてもラッキーなことだ。

結婚して四年間は、平穏に過ぎた。

とんでもないことが起きたのは、結婚して五年目の「春」だった。

(二)

定年を迎えて、出版社「昭和書房」を退職した篠原康介のために、昌也と繭子は、ささやかな「お祝いの会」を計画した。銀座の高級フレンチ「ボンジュール」でフルコースを予約したのだ。

「昌也の御両親も、呼ぼうよ！」

と繭子が言ってくれたので、両親は昌也が呼んだ。昌也の父、隆也は、康介よりも二歳若かったので、まだ現役の高校教師だった。

隆也は演劇部の顧問をしていて、高校演劇のみならず、ありとあらゆるジャンルの芝居を観るのが趣味だった。

さて、「ボンジュール」でのフルコースは個室だったので、会の初めに昌也は少し改まった挨拶を試みた。

「お父さん、定年退職、おめでとうございます！　お勤め御苦労様でした。三十八年間も、ずっと『昭和書房』で、働いてこられたなんて、ただただ尊敬するばかりです。

どうぞ、ごゆっくり、お休み下さい！

でも、何か、趣味を見つけて、おやりになったらいいんじゃないでしょうか……？」

若さを保つために、と締めくくって、ワインで乾杯した。

「ボンジュール」のフレンチは、評判以上においしい。ワインも、店のお薦めを奮発したから、最高の味だ。

宴たけなわになって、康介が、昌也の挨拶に応えるように、これからの抱負を、熱を込めて語った。

「僕は、これから、『役者』になります！」

「ええっ？」

昌也は、驚きを、思わず声に出してしまった。

「僕は、大学で劇団に入っていた時から、『役者』になりたかったんです。

でも、役者では食べていけないと、役者になることを断念して三十八年、『昭和書房』一筋に働いてきました。

晴れて、『定年退職』となりましたので、これからは、好きな道に進んで行きます！」

三十八年の重みが、昌也を含めてみんなの胸に「ドーン」と響いたかのように、ナイフとフォークを持つ手も、グラスを持つ手も止まった。

「実は昨日、『平成座アカデミー』という俳優養成所に入所しました！第二の人生を、思い切りよく、励んでいきたいと思います！」

なんという手回しの良さ、「早わざ」だろう。さすが「昭和書房」三十八年間勤続の、やり手「編集者」は、行動が速い。

「昌也君を見ていて、とても羨ましかったんだよ。どんなちっぽけな役でも、決してめげない。一つのことに打ち込む姿は、何よりも美しい。とても刺激になった！」

女房に食わせてもらっているのに近い昌也の、どこが羨ましいと言うんだろう？

皮肉に聞こえないでもない。

「『平成座アカデミー』は、なかなかレベルの高い養成所だよ。

篠原さんは、きっと、いい『役者』になる！」

昌也の父であり、高校演劇部顧問の加藤隆也が言う。

康介の決断の陰には、隆也の協力があったのかもしれない。

昌也の姑、篠原聡美と繭子の母娘も、改めて見てみると、康介の「暴走」にそれ程驚いた風でもない。

何も知らなかったのは、どうやら昌也一人のようだった。

（お父さんが、『役者の道』を目指すなんて！）

昌也にとって、それは正に「大事件」だった。

（三）

昌也は「女形」だ。割に童顔だし、小柄なので、女形には合っている。

お姫様に仕える腰元や、茶店の女なんかをやらせると、「結構可愛い」と自分でも思う。

高校、大学と一緒だった「坂東鮎之介」も女形だ。が、背が高いので、立役の役者よりも、鬘分程、頭が飛び出てしまう。でも、鮎之介は「御曹司」だ。

鮎之介の父は、坂東一門の長、「坂東梅之介」だ。鮎之介の母、好子は、夫や息子の出る舞台には必ず顔を出して、ロビーや客席で、

「坂東梅之介、坂東鮎之介を、どうぞよろしくお願い致します！」

なんて挨拶しながら、御贔屓の間を回るのだ。

「嫌なんだよな。いつまでたっても、お袋に見張られてるみたいでさ……」

と、鮎之介は昌也にいつもぼやいていた。

そんな鮎之介は、大学を卒業するとすぐに、結婚をした。「御曹司」は、いつまでも独身ではいられない。「跡取り」を早く作らなければならないからだ。

「坂東鮎之介が、一般女性Aさんと結婚！」

なんていう記事を、週刊誌で昌也は見た。テレビのワイドショーの、「エンタメコーナー」でも、少し取り上げられていた。

そして、その頃から、昌也は鮎之介と疎遠になった。

昌也と鮎之介の距離は、離れるばかりだ。

坂東鮎之介は御曹司だから、「姫様」役をやった。背も高いし、立役も似合いそうな顔をしているのだが、姫様になると、俄然美しくなる。

悔しいが、昌也も見とれてしまうほどに美しく変身する時もある。

(これが『伝統の美』というものか……?)

御曹司だからこそ放つことが出来る「オーラ」みたいなものが、確かにある。

昌也がいくら望んでも、得ることが出来ないものを、鮎之介は最初から持って生まれてきているのだ。それは、昌也にとって、とても悔しいことだ。

でも、どうにもならないことでもあった。

が、昌也は高校時代からの友達、坂東鮎之介が、嫌いではなかった。

鮎之介はいつも、

「なんで、歌舞伎の家なんかに生まれちまったんだろう……？」

と、他人から見れば何とも「贅沢な」悩みを抱えていたのだ。

「お前が羨ましい……」

鮎之介の口癖だ。昌也には、返す言葉がない。

三十六歳になった今、昌也は思うのだ。鮎之介の「お前が羨ましい」の言葉に支えられて、昌也は「歌舞伎役者の育成所」の門を叩いた。

そして、鮎之介のあの言葉に背中を押されて、辛いことも乗り切ってきた。だから、いつか、鮎之介が主役を張る舞台が実現したら、相手役をやりたいと思っている。

でも、そんな時は、一体いつやってくるのか、決して来ないものなのか、昌也には見当もつかない。

（四）

「昌也君、『平成座アカデミー　俳優養成所』は、素晴らしい養成所だよ」

「そうですか……?」

としか、昌也には返答のしようがない。

同じ「演劇」とはいえ、昌也は歌舞伎で、一方、康介は、所謂「新劇」なのだ。

それに、康介は、大学時代に少し「学生演劇」を齧ったくらいで、本格的に「劇」に触れたことはないはずだ。

何を基準に、「平成座アカデミーは、素晴らしい」などと言っているのだろう。

「まずは、身体訓練、それから、発声、エチュード……、きっちり組まれているんだ！」

身体訓練、発声、エチュード……。

それは、極「普通のメニュー」だ。

昌也が無反応なのに焦れたのか、康介は声を張り上げた。

「時々、みんなでランニングをするんだよ！　あれが実にいい！」

「必ずランニングをする、ってとこもあるそうですよ」

昌也の返答に、康介は、ちょっと「ムッ」とした顔をした。

養成講座で鍛えられているだけあって、表情が豊かになったような気がしないでもない。

「アカデミーの素晴らしいところは、それだけじゃないんだ！」

「……？」

「役者はみんな、『創作者』でなければならないって、講師は言うんだ！」

「それも、どこでも……」

言われていることだと、昌也が言う前に、

「シナリオを書くっていう『宿題』が出ているんだ！」

と勢い込んで、康介は言った。

「書くことなら、お父さん、お得意じゃないですか？」

「そうなんだよ！　まさか、書くことが身を助けるとは思わなかったよ……」

それにしても、康介は本当に楽しそうだ。「第二の人生」だからだろうか。

昌也は、そうはいかない。何故なら、昌也の「歌舞伎人生」の幕は、まだ、上がったばかり、いや、本当の幕は、まだ上がってはいないのだ。

「それで、『売れない役者の話』を書こうと思うんだけど、どうだろう？」

「いいんじゃないですか？　売れてる役者の話よりも、売れない役者の話の方が、受けますよ！　何なら、歌舞伎役者はどうですか？

歌舞伎役者って言っても、『育成』出身だから、いくら頑張っても、いい役にはつけない。

そんな男の苦悩、って書きごたえがあると思いますけど……」

「う、うん……。

それ、いいね！　貰ってもいいかな？」

「どうぞ、いくらでも、貰って下さい！」

「サンキュー！」

かなり不貞腐れて、「自虐」で言ったのに、康介には真顔で感謝されてしまった。

（五）

繭子は、昌也よりも、一つ年上だ。結婚しているとは言うものの、三十七歳で子供がいないというのは、どういうものだろう。

でも、繭子よりも収入がずっと少ない昌也には、何も言えない。

とはいえ、子供がいないのは、昌也の収入の問題よりも、繭子が常に仕事を優先させてきたことの方が大きい。

その結果、現在繭子は「ウラカタ歌舞伎株式会社」を背負って立つ程に、会社内で重要なポジションを任されている。すなわち、最前線、第一級の舞台の、しかも主役級「売れっ子」役者の小道具を担当しているのだ。

「『坂東鮎之介』って、最近、めっきり腕を上げたのよ！」

かつて「親友」だった男の名前を出されて、昌也がいい気持ちになるとでも思うのだろうか？

(女って、浅いな……)

と思うのは、こんな時だ。

「女形で、今、一番の成長株よ！」

「背が高過ぎるんじゃないかな……？」

「そんなの、気にならないわよ！　歌舞伎役者だって、今、背の高い人が、どんどん増えてるし……」

君の旦那は、小柄なんだよと、言ってやりたい。

今夜は珍しく、二人きりの食事だ。康介と聡美は、ゴールデンウィーク初日から、「台湾旅行」に出かけている。

退職したら「ヨーロッパ旅行」というのが、康介と聡美夫婦の約束だった。

が、康介が、「平成座アカデミー　俳優養成所」に、お金と時間を大幅に費やしてしまったので、ヨーロッパから台湾へと、二人の「退職記念旅行」は、縮小されたのだった。

料理が嫌いで下手な繭子は、「春キャベツと豚肉のカンタン鍋」を食卓にセットした。

「春キャベツ」のおかげか、鍋は、まあまあおいしい。

「私に『講演』の話があるんだけど、ゲストに『鮎之介さん』が出てくれないかしらって思うの。だって、私だけじゃ、お客さんを呼べないじゃない……？」

「講演……？」

初めて聞く話なので、何のことなのか、昌也にはよくわからない。

「『伝統工芸の夕べ』っていう講演会があるの。その中の一つのコーナーをやってほしいっていうオファーが、うちの会社にあったの。

それで、私が会社を代表して『小道具』について話さなくちゃならないの。オープニングは、噺家さんの落語なんだけど……。

その後が私の番だから、ちょっと華やかにやりたいじゃない！」

「別に女優さんじゃないんだから、華やかでなくったっていいんじゃないの？」

春キャベツを頬張りながら、気のない返事をした。

「でも、私のコーナーで盛り上げておかないと、後に続く染物屋さんとか、三味線工房の方とかが、やりにくいじゃない？」

「で、『鮎之介』って訳？」

「そう、その通り！　鮎之介さんが出てくれれば、お客さんの『入り』が違うわ」

「まるで、歌舞伎だね」

「そうよ、歌舞伎よ！　私は歌舞伎のために働いているのよ。子供も産まずに！」

話が急に、核心に触れてきた。

「だから、鮎之介さんも協力してくれるべきだわ。昌也は、鮎之介さんの『親友』でしょう？　女房のために頼んでちょうだい！

ちょっとでいいから、出てくれって！」

「お、俺が頼むの？　鮎之介に？」

親友だったのは、ずっと昔の話だよ、という言葉は、言いたくない。

「お願い！　昌也！　女房を助けて！」

薊子の勢いに、昌也はいつも勝てない。

（六）

康介の退職記念の会をやったフレンチ「ボンジュール」に、坂東鮎之介と愛美夫妻を招いた。ボンジュールなら、一度会食をやっているので、一応「知った顔」が出来ると思ったからだ。

薊子は珍しく、着物まで着込んで、なんとしても鮎之介に出演を承諾させようという意欲に燃えている。

「やり過ぎじゃない？　着物まで着るなんて」

「だって、相手は、『梨園の奥様』よ。こっちだって、着物くらい着なくっちゃね」

（相手は、鮎之介だろう……）

「梨園の奥様」は、ただ、旦那にくっついて来るだけだ。

「久しぶりだなあ……！」

本当に久しぶりに会った鮎之介は、今をときめく「スター」に、昌也には見えた。

「梨園の妻」の愛美は、着物ではなかった。

考えてみれば、着物なんか着てくる訳がない。同級生の昌也と鮎之介の夫婦が食事をするというプライベートな会なのだから。

それにしても、鮎之介には、全く「屈託」というものがない。『伝統工芸の夕べ』に「友情出演」してほしいという繭子の申し出を、あっさりと承諾してくれた。

友情出演ということは、「ノーギャラ」ということだ。

高いギャラは、「ウラカタ歌舞伎株式会社」には払えない。

かといって、安いギャラを提示しては、鮎之介の「名」を傷つける。

だから、ノーギャラで、「友情出演」なのだ。

とはいえ、鮎之介にも「計算」はあるだろう。『伝統工芸の夕べ』に集まる客は、年配が多いから、高い歌舞伎のチケットを購入してくれる客も多いことだろう。

鮎之介は確実に、新たなファンを得ることが出来る。

「あちらのカフェで、鮎之介さんと少しだけ打ち合わせをしたいんですけれど……」

「いいですよ」

藺子は仕事となると、「夢中」になる。

「デザートを食べていて下さい！」

と昌也と愛美に言い残して、藺子は鮎之介を促して、下の階のカフェ「エスポワール」に行ってしまった。

残された昌也と愛美は、目の前のデザートを突つき、コーヒーを啜った。

「お久しぶり」

と口を切ったのは、愛美の方だった。

先程までの「梨園の奥様」は、一転して、「普通の女」に変身した。

「すっかり、『梨園の奥様』だよな」

「嘘ばっかり！」

昌也と鮎之介と愛美は、高校の同級生だったのだ。

しかも、高校三年生の時は、三人とも同じ三年B組だった。

「週刊誌で、『坂東鮎之介が一般女性のAさんと結婚！』って記事を見た時、お前だなって思ったよ」

「高校の卒業式の日に言われたのよ、鮎之介から。『結婚しよう！』って」

「あいつ、さすがに、早わざだなあ」

「昌也に取られる前にって、焦ったんだって……！　結婚して二年目に言われたの。

私は高校を卒業すると、昌也達と離れて、『女子大』に進学させられたわ。

そこでは、『梨園の妻』になるための教育を受けさせられているみたいだった……。

高い学費を坂東家が出してくれたことには、うちの両親は感謝してたけどね」

「そうだったのか……!」

愛美が女子大に進み、急に昌也の前から姿を消してしまったことのからくりが、ようやく昌也にも飲み込めた。

(今頃わかるなんて……!)

「仕方がなかったの……」

愛美がそう言った時に、繭子と鮎之介が、「エスポワール」から戻ってきた。

「すみませんでした! おかげで打ち合わせが出来ました!」

「それは、良かったですわ」

坂東愛美は、「梨園の奥様」に戻って、にこやかにほほ笑んだ。

（七）

司会の安藤紗千は、元アイドルだという。

年配の客達は、紗千が登場しただけで、「ウワア！　オゥ！」という感じで盛り上がった。

が、昌也は、初めて紗千を見る。

「はあーい、安藤紗千でえ～す！」

元アイドルは、今のアイドルも決して出さないような、元気な声で挨拶をした。

着物を着ていたが、着なれないのか、なんとなくしっくりしていない。

が、司会に抜擢されただけあって、喋りは上手だった。

昌也は、繭子に、

「まだチケットが売れ残っているから、『桜』になってよ」

と言われて、無理やり連れてこられた。

そして、一番後ろの席を陣取ったら、やはり最後列の、しかも一番右端に、「坂東鮎之介」夫人の「坂東愛美」が、着物姿で座っていたのには、びっくりした。

「桜」なので、昌也はラフなジャケットを羽織っていた。

愛美は、訪問着をきっちりと着こなし、髪も綺麗にセットしていた。

最後列の一番右端の席にいても、その美しさは光っていた。

「お後がよろしいようで……」

一番手の落語家「三遊亭俊太」の落語で、会場は沸いている。

「さあ、二番手に登場するのは、私と古い付き合いであります、『ウラカタ歌舞伎株式会社』の篠原繭子さんでえ～す！」

「今晩は！『ウラカタ歌舞伎株式会社』の篠原繭子です！

今回は、歌舞伎で使っている小道具をいろいろ持って参りましたので、お見せしながら、お話をさせていただこうと思います」

薊子は、黒のTシャツに黒のパンツスタイルだった。

それが仕事着なのだろうけれど、今夜は「ウラカタ」ではない。こんな夜こそ、着物を着ればいいのに、と昌也は思う。

「薊子さん、今夜は素敵な『ゲスト』を、お呼びしているんですよね？」

「そうなんです！　無理にお願いして来て頂きました」

「みなさま、大変お待ちどおさまでございました！

歌舞伎役者の『坂東鮎之介』さんでえ〜す！」

安藤紗千は、一段と声を張った。

舞台の袖から、「鮎之介」が登場した。

若い女性客が、「キャー！」と、声を上げる。

鮎之介は、羽織はかま姿だった。

「みなさん、今晩は、『坂東鮎之介』でございます！」

鮎之介は、ゆっくりと頭を下げた。
「スター鮎之介」を、最後列から、愛美は見つめている。
昌也も愛美に負けない強い眼差しで、「スター鮎之介」を観察した。

（八）

鮎之介は、傘を開いて、雨の中を歩く所作をして見せた。
客へのサービスに、繭子の肩に手を添えて、二人で歩いたりもした。
その度に、客は「ウワア！」とか、「キャー！」と、歓声を上げる。
（「スター」っていうのは、凄いもんだなあ……！）
昌也はあっけに取られて眺めていた。
愛美は、「スター鮎之介」には慣れていると言わんばかりに、表情すら変えない。
「まだまだ、鮎之介さんを見ていたいと思うのは、皆さまも私も同じでございますが、鮎之介さんとは、ここでお別れでございます」

安藤紗千が、本当に名残惜しそうに言って、鮎之介は退場した。

愛美はと、昌也は右手を確かめたが、愛美は席を動く気配はなかった。

拍手と共に、繭子の「歌舞伎の小道具」コーナーは終わりとなった。

「繭子のコーナーが終わったら、俺は帰るからな」

と繭子には言っておいたので、休憩時間に昌也は会場を出た。

「昌也さん！」

ロビーで、声を掛けてきたのは愛美だった。

「鮎之介は？」

「今夜は別行動よ。昌也は？」

「こっちも、別行動」

愛美が、少しだけ、嬉しそうな顔をした。

愛美が着物なので、会場の近くの和食「わさび」に入る。

まずは、ビールで乾杯だ。

「繭子さん、喋りが上手ね」

「鮎之介に助けられてたね。繭子が大したこと言わなくても、鮎之介が動くだけで、客がキャーキャー言ってた」

愛美は小さく笑っただけだ。

「梨園の妻」としては、客の「キャーキャー」は喜ばしいが、「女房」としては、複雑なのかもしれない。

「どうなんだ？『梨園の妻』って」

「大変よ！」

愛美は、きっぱりと言った。

「もう一人『男の子を』って、言われてるの……」

坂東夫妻に子供がいることを、昌也は迂闊にも考えもしなかった。

「今夜はいいの？　お子さん」

「おばあちゃまが見ててくれるもの……。

大切な『跡取り』ですもの。まるで自分の子供みたいに、世話をしてくれるわ」

贅沢なことを、あっさりと言う。さすがに名門の一家は、庶民とは生活が違うようだ。

「もう一人男の子を、っていうの、かなりのプレッシャーよ……。私は、もし出来るんだったら、女の子の方がいいもの」

愛美の気持ちは、昌也にもわかる。

「昌也のとこは、いないの？」

「繭子が仕事に夢中なもんだから……」

「そうなんだ……」

そう言いながら、愛美は昌也の顔を覗き込んだ。

「それでいいの？　昌也は」

「仕方がないと思ってる」

「ふーん……」

それきり、子供の話は終わりとなったが、昌也の気持ちはなんとなく、「ざわついた」ままだ。

「また、会えるかしら……？」

「えっ？　会えるだろ。俺だって、歌舞伎役者なんだから」

「鮎之介を負かしてみてよ！」

「いいの？　そんなことを言うと、俺、ほんとに、鮎之介を負かしちゃうかもしれないよ」

「応援してる！」

昌也と愛美は、もう一度、グラスを合わせた。

（九）

勝次　「お疲れ様です」
竜太郎「勝ちゃん、間違えた時、『間違っちまったあ！』って顔をしちゃあ、駄目だよ。

知らん顔をして、踊るんだよ」

勝次「すみません！」

竜太郎「それから、勝ちゃんが去っていく時の『間』だけどさ、どうも、しっくりこないいんだよね。やりにくいいんだよ、あれじゃ」

勝次「すみません……」

「どうかなあ？　まだ、書き始めたばっかりだけど……」

康介の脚本「勝負」は、確かにまだ冒頭の部分しか書けてはいなかった。

「なんか、『勝次』が、卑屈過ぎませんか？

『すみません』ばっかり、言ってるじゃないですか」

「だって、売れない役者なんだから、しょうがないんじゃないの？」

「いくら売れない役者だって、意地ってもんがありますよ！

『すみません』ばっかり言ってる訳にはいきませんよ！」

「そうかなあ……？」

康介は、しきりに首を傾げる。

いい脚本が、そんなに簡単に書ける訳がない。悩めばいいのだと、昌也は思う。

『伝統工芸の夕べ』での繭子の講演以来、いつか鮎之介を負かしてみたいという思いが、頭から離れなくなっている。

鮎之介の妻、愛美に、「鮎之介を負かしてちょうだい」と言われ、更に「応援している」とまで、言われたのだ。

鮎之介はかつて、昌也と勝負をする前に、愛美を昌也から攫っていったのだ。

愛美に言われるまで、それに気付かなかった昌也も、間抜けな「お人よし」だった。

（今度こそ、負けない！）

闘志は燃えている。が、どうしたらいい。

まずは、「芸」を磨くことだ。そして、時を待つことだ。

「昌也君、このオーディション受けてみないか？

昌也君にピッタリの役だと思うんだけどなあ……？」

そのチラシは、「平成座アカデミー　俳優養成所」の受付に置かれていたものだという。

「映画じゃないですか」

「映画じゃ、駄目なの？」

「別に、映画だって、いいですけど……」

映画の題名は、『夢幻』だ。

「夢幻……？」

「無実の罪を着せられた主人公『垣本淳』が、濡れ衣を晴らすために、逃亡の旅を続けるんだ。途中、女に化けたり、役者に化けたり、時には漁師に化けたりしてね。

昌也君にピッタリの役じゃないか?」

「女に化けたり……、役者に化けたり……」

それは確かに、ちょっと面白い。

「監督が、『原口高次』なんだよ。昌也君、前に原口監督の映画が好きだなんて、言ってなかったかい?」

「監督が、原口高次……!」

「小津安二郎」のことを熱く語る、原口監督の講演を聴いたことがあった。

原口高次の映画は、大好きだ。

(オーディション、受けてみようか……)

昌也の心の中に、小さな火が灯った。

第二章　オーディション

（一）

（やっぱり、来るんじゃなかった！）

と、昌也は康介の口車に乗ってしまったことを後悔している。

どう見ても、みんな、昌也よりもずっと若い。

（『逃亡劇』だものな……）

一室に集められた筋骨隆々の男たちは、「アクションスターの卵」の集団のように見える。

（とても、かなわない……）

逃げたいくらいだ。

(『逃亡劇』から逃げるのか?)

そう思ったら、なんだか笑いたくなった。

その時、背の高い男が、バタバタと走り込んできた。

昌也は、後ろを振り返った。

(あっ、鮎之介!)

どうして、鮎之介が、映画のオーディションなんかに、と思う。

周りの男たちは、歌舞伎役者「坂東鮎之介」のことを知らないのかもしれない。

駆け込んできた鮎之介を見てびっくりしているのは、昌也だけのようだ。

鮎之介がいるのだったら、「垣本淳」の役は、鮎之介で決まりだろう。

昌也が勝てる訳がない。

そう思った途端に、緊張がなくなった。

「えー、では、お時間となりましたので、原口高次監督『夢幻』オーディションを始めたいと思います。

お手持ちの番号の順に、お名前をお呼びしますので、呼ばれた方は、こちらのドアの前までお進み下さい！

お一人ずつ、オーディションルームに入って頂きます。

尚、本日は、原口高次は来ておりません！

代わって、副監督の橋田誠が、審査を致します」

(原口監督が来ていない？　うそだろ？)

「詐欺」だな、これは、と昌也は腹が立ってきた。

原口監督に会えると思って、やって来たのだ。副監督の前でなんて、馬鹿馬鹿しくてやっていられない。

一度切れてしまった気持ちは、もう元には戻らない。

よくよく、運がないのだ。

それにしても、鮎之介は、原口監督が来ないことを知っていたのだろうか？

昌也と同じように、知らなかったのなら、やっぱり、腹を立てている
ことだろう。

高校時代、鮎之介は結構短気で、カッとなる方だったのだ。

だからよく、昌也と鮎之介は喧嘩をした。

昌也と愛美が二人で映画を観に行ったことに、鮎之介が酷く怒ったこ
とがあった。

「なんで、二人で行くんだ？」

「二人で行って、何が悪い？」

鮎之介が殴りかかってきたから、昌也も負けずにパンチを繰り出した。

それが運悪く、鮎之介の目の下に当たってしまい、鮎之介は目の周り
に「隈」を作ってしまった。

「隈取り」というのを、昌也も知っていたから、

「メイクしなくて済むじゃないか！」

などと、笑い飛ばしていた。

が、翌日、鮎之介の母親、「坂東好子」が鮎之介の父、「坂東梅之介」の弟子たちを連れて、加藤家に怒鳴り込みに来たのだった。

「週末から、大事な公演の稽古が始まるんです！　一体、どうしてくれるんですか！」

「……」

昌也の母、幸江は返す言葉が見当たらないようだ。

「鮎之介君は、何をやるんですか？」

その時、珍しく、早く帰宅していた昌也の父、高校教師の隆也が、玄関に顔を出した。

「梅之介と親子で、『連獅子』をやるんです」

「そりゃあ、凄い！　家族みんなで、観に行かせてもらいますよ！」

「そ、そうですか……」

それから一ヶ月後、昌也の兄、和也も入れた四人で、加藤一家は、坂東梅之介、鮎之介親子の『連獅子』を、本当に観に行った。

梅之介の親獅子は、豪快で気高い。一方、鮎之介の子獅子は、見るからに危うげで頼りなかった。が、そんな欠点まで長所に変えてしまう程、親獅子に付いて行こうとする鮎之介の子獅子が、酷く健気に見えた。

それは、歌舞伎なんて観たこともなかった昌也をも、感動させた。

あの時の感動を、昌也は今でも覚えている。

「篠原昌也さん！」

名前を呼ばれて、昌也は立ち上がった。

（どうせ、鮎之介には勝てない……）

チラリと鮎之介を振り返ってから、昌也はオーディションルームに向かった。

（二）

「どうだった？　オーディションは」

「駄目だった、と思います」

「そうか……」

「まだ、結果が出た訳じゃないんですけど……。『坂東鮎之介』が受けに来ていましたから」

「へええ、『鮎之介』が？　歌舞伎の？」

「もしかしたら、最初から『鮎之介』に決まっているんじゃないですかね？」

「そんなことはないだろうけど……」

　康介は、なんだか申し訳ないというような顔をした。

　そんな顔をされると、昌也の方が情けなくなる。

オーディションの話は、康介と昌也だけの秘密だ。繭子には何も言ってはいない。


それから一週間後、「『夢幻』制作委員会」から、電話を貰った。

「原口監督が、あなたに会いたいと言っています」

「原口監督が…？」

悪い電話ではない予感がする。

（原口監督が……、俺に、会いたいと……？）

昌也は、翌日の訪問を約束した。

「全員の『ビデオ』を、見せてもらった。

君のちょっと『不貞腐れたところ』、何かを諦めたようなところが良かった。

そういう人物なんだ、『垣本淳』という男は」

憧れの原口監督に見つめられて、昌也は心臓が本当に、「ドクンドクン」と音を立てた。
（しゅ、主役だ！）
信じられない。夢かと思う。
でも、夢なんかじゃない。昌也は、今、原口監督の目の前にいるのだ。
「坂東鮎之介さんに、『真犯人』の役をやってもらいます！」
と言ったのは、副監督の橋田誠だ。
「真犯人『河田猛』は、垣本淳を罠にはめる。河田猛は、クールな男だ。
受験者の中で、一番クールだったのが、坂東鮎之介君だ」
一見熱い男に見える鮎之介は、実はとてもクールな男なのだ。
原口監督は、鮎之介のことを、ズバリと言い当てている。
「淳と猛の運命が交錯する」
副監督の橋田から、映画の予告編みたいな言葉が飛び出す。
昌也と鮎之介の運命も、交錯しているようだ。

（三）

映画『夢幻』のヒロインは、新人、「藤野響」。

昌也と共に、原口監督の大抜擢で決定した。

藤野響は、劇団「藤」の座長、藤野勝実の一人娘だ。響の母親も、劇団「藤」の看板女優である。

二世俳優の「響」は、御曹司「坂東鮎之介」と同じような「匂い」を持っていた。

鮎之介のように、くったくがない。顔合わせの初日から、何の躊躇もなく、昌也に近づいてきた。

「何もわからないんで、よろしくお願いします！」

「僕もだよ、よろしく！」

右も左もわからない世界に、昌也自身飛び込んでしまったのだ。

鮎之介にしろ、映画の仕事は初めてのようで、さすがに緊張は隠せない。

初日にようやく、昌也に声を掛けてきた。

「お前と一緒に映画をやるなんて、思ってもみなかったよ」

「俺もだ……」

「俺は『真犯人』だから、映画がクランクアップするまで、お前とは、口を利かないつもりだ」

「そうしよう」

主役を昌也に取られたことは、内心悔しいだろう。

終わるまで口を利かないというのは、お互い、いいかもしれないと思う。

「うわあ、なんか、怖い！　淳と猛！」

ヒロインの響が演ずる「河田薫」は、垣本淳の恋人であり、河田猛の妹でもある。

「原口監督が好きにやっていいって言ったから、好きにやるの」

「好きにやるって、そんなことは、とてもできそうにない。

昌也には、難しいんじゃないか？」

「そうかしら？　監督がそう言うんだから、私が思う通りにやるわ」

響は、とんでもない才能の持ち主か、とんでもない馬鹿か、どちらかだ。

「でも、昌也さんが『垣本淳』でよかったわ。昌也さんなら、愛せそうだもの」

「俺じゃ愛せないって言うの？」

割り込んできたのは、鮎之介だ。

「だって、遊ばれそうだもの。恋人にしたら、きっと辛いわ」

「そういう男に、女は惹かれるもんだろ？」

「私だったら、そんな辛いことしたくないわ」

「御曹司」と「お嬢様」の会話には、ちょっとついていけない。

逃亡者役でよかったと、改めて納得する昌也だ。

（四）

第二十一期「平成座アカデミー　俳優養成所」のメンバーは、二十代から七十代まで、幅広い年代に亘っている。

中には、有名な俳優の息子や娘まで交じっている。メジャーを狙うメンバーだ。

康介は、メジャーになりたいとは思うが、メジャーを狙っているかといえば、それだけではないという気がする。生意気なようだが、純粋に、「いい芝居」を作りたいと思っているのだ。

そういう意味では、「なんとしてもメジャーになりたい」組よりも、純粋だと思う。

康介の学生時代は、「アングラ」と言われた演劇の全盛期だった。

アングラ劇の中には、台詞も滅茶苦茶な芝居さえあって、言わば「何でもあり」の時代だったのである。

だが、大学を卒業して、編集者の道を歩んできた康介は、「芝居は台詞だ」という思いが、日に日に強くなってきた。今でもその思いは変わらない。

「平成座アカデミー」では、台詞も、アクションも、ダンスも基礎からしっかり教えてくれる。昌也に自慢したら、それは「普通だ」と言われたが、今の世の中、普通のことが中々出来ないものだ。

お金と時間を投じた「平成座アカデミー　俳優養成所」を信じられるということは、とても幸せなことだ。

宮本潤一の父親は、一世を風靡した俳優「宮本浩一郎」だ。宮本浩一郎は、華麗な容姿で売っていた。が、潤一は母親に似たのか、父親ほどの容姿の華麗さはない。

「『親の七光り』なんて言われるのは、嫌なんです。俺の力で、いい俳優になりたいんです」

真っ直ぐなところが、娘婿の昌也に少し似ている。そのせいか、康介には、潤一が他人のようには思えない。なんとか潤一を、世に出してやりたいと思う。

（これじゃ、まるで、プロデューサーだな……）

もっと、自分のことに、貪欲にならなくてはいけない。

「貪欲に、くらいつけ！」

講師に、毎回言われていることだ。

シニア仲間の影山麗子は、

「元は、タカラジェンヌよ！」

と言っても、みんなが信じる程の美人だ。が、本当のところは、宝塚は一度も見たことがないという、康介と同い年の女性だ。

「主人が退職したら、離婚しようって、ずっと前から計画していたんです。

主人のために、ずっと『裏方』をやってきた人生でした。

でも、決めたんです！　表に出ようって。

主人から、退職金の半分を貰いました。だって、私には貰う権利がありますもの！」

康介がぞっとするような話を、麗子は「自己紹介」でサラリと言った。

娘の繭子を思わせるような、三十代の女性も、メンバーにいる。

裏方に一生を捧げようとしている繭子に比べて、やはり、数段華やかだ。「佐々木芳子」という。

（もっと華やかな芸名を付ければいいのに……）

と、芳子を見ると康介はいつも思う。

彼女のこともまた、潤一と同じように、他人とは思えないのだ。

芳子は三十六歳だが、まだ芽が出ていない。結婚もしていない。

二十一期生の中では、俳優としてのキャリアも一番長いので、何をやっても一番うまい。

特に、台詞がいい。声もいいし、活舌もいい。おまけにダンスもうまい。

「でも、売れないんですよ……」

芳子は、自分自身を冷静に、「分析」する。

（その冷静さが、駄目なんじゃないかな……？）

康介はいつも思うが、口に出して芳子に言ったことはない。

（五）

「平成座アカデミー俳優養成所、オリジナル創作劇『ブルーローズ』を、Aチームと Bチーム、対抗戦で、上演します！

そのためのオーディションを行いますので、奮って応募して下さい。

まずは、自分が希望する役を、応募用紙に書いて、事務所に提出して下さい。

登場人物が余り多い芝居ではありませんので、オーディションに落ちた方は、今回はスタッフに回って頂きます！」

田沢講師は、淡々と、オーディションについて説明した。

（Aチームは、Bチームよりも、レベルが上ってことだろうか？）

そうなると、Bチームで希望を出した方が、合格する確率は高いのだろうか？

一人でいろいろ悩むよりも、昌也に相談しようと、康介は夕食の後、昌也を康介の書斎に呼んだ。

「君ならどうする？　Aチームに応募するか、それともBチームに応募するか？」

「どうせ駄目なら……、あ、すみません……」

「いいよ、遠慮しないで言ってみて！　どうせ駄目なら……？」

「駄目もとで……、Aチームに応募した方がいいと思います」

「まあ、君の言う通りだと、僕も思うよ。僕の年代でやれる役っていうのは、一家の長、準主役の役だからね。まず、無理だと思うんだ。だったら、君の言う通り、駄目もとで応募する方がいいよね」

「すみません……」

「いやあ、こんなこと聞く僕が悪いんだから、昌也君が気にすることはないよ」

本当に聞く方が悪いと、素直に反省する康介だ。

「でも、競わせるなんて、凄いですね！」

「『平成座アカデミー』は、やっぱり、学校だからなんじゃないの？　プロの世界なら『はい、決まり！』で終わりでしょ？　君みたいに」

康介の言うことは、確かに当たっている。昌也は、原口監督に気に入られたのだ。

それで、「はい、決まり！」なのだ。

原口監督が、昌也に「賭けて」くれたのだ。今更ながら、その幸運に感謝しなければならないと思う。

「やっぱり駄目だったよ」

と、康介が、昌也と繭子の部屋のドアを叩いたのは、一週間後のことだった。

「……」

「でもね、僕と仲のいい宮本潤一も、佐々木芳子もAチームに合格したんだ。

『定年離婚』の影山麗子なんて、なんと主役だよ！」

康介は、口調は明るかったが、表情には悔しさが現れていた。

「それで、お父さんは、一体何をやるの？」

「『演出補佐』、なんだってさ」

「演出……、補佐……？」

「ま、演出の使い走り、ってとこだろう」

「あ、じゃ、きっと、『小道具』なんかも考えるのね。

『小道具』のことなら、アドバイスが出来るわ」

「困ったら、頼りにするよ」

「良かったわよ。急に役者なんて、きっと、大変よ」

「そうだよな……」

康介はやっと、いつもの温和な康介の顔に戻り、部屋を出て行った。

「役者の世界なんて、甘くないんだから。『試練』があった方がいいのよ」

娘は、父親に厳しい。

「これに懲りて、芝居なんかやめてくれたら、その方がいいかもしれない……」

「そんなこと言ったら、お父さんが可哀相だよ」

「お母さんとの約束を破った『罰』よ！

お母さんがどれだけ『定年記念』の『ヨーロッパ旅行』を楽しみにしていたか、昌也は知らないから、そんなことを言うのよ。

お母さんは、口では言わないけれど、約束を破ったお父さんを恨んでるわ！」

女は怖い、と昌也は思う。

（六）

藤野響が演ずる「河田薫」が、「暴走」を始めた。

いや、暴走を始めたのは、藤野響自身だ。

リハーサルは言うに及ばず、本番でも、勝手に自分の好きなようにセリフを変えてしまう。最早、「アドリブ」の枠を越えている。

その度に、昌也は、「あ……！」とか、「ええっ……？」なんていう、間抜けなリアクションをしてしまうのだ。

ただ監督が、響にも、そして昌也にも小言を言わないのが、不思議でさえある。

「やめてくれないかなあ。俺、やりにくくてさ」

「どうして？　昌也さんのリアクション、とっても『逃亡者』らしくて、いいと思うよ」

「小娘」は、そう言って、やり返してくるのだ。

（敵わないなあ……）

響は、本当に不思議な娘だ。

「河田薫」は、「垣本淳」の逃亡に、陰になり日向になって、付いてくるのだ。

鮎之介が演じる「河田猛」も、そんな響に対する反応が、すこぶる良好だ。

薫から連絡を貰って、河田猛もまた、垣本淳を追ってくるのだ。

脚本が、とにかく面白い。いい役を貰ったと思う。

垣本淳は、結構ドジな奴だから、「ぼけて」いられる。一番難しい役は鮎之介が演じる河田猛かもしれない。

何しろ、「善と悪」を併せ持つ男だからだ。確かに、鮎之介にはぴったりの役だ。


「そりゃあ、凄い才能だな」

康介は、感心したように言う。

「凄い馬鹿かもしれませんよ」

昌也は、本当に時々思う。

「彼女のおかげで、昌也君も良くなる。こりゃあ、きっと、いい映画になるな」

「そうでしょうか？」

「彼女を信じることだ」

「彼女を信じる？」

「そうだよ。河田薫は、垣本淳の彼女なんだろ？　薫は淳を信じて、付いてくるんだろ？」

「ええ、淳は、危ないところを、何度も薫に助けてもらうんです」

「それなら、やっぱり、彼女を信じることが一番だ。薫によって、淳は生かされているんだから」

（そうか、薫を信じてみるか……）

そう思ってから、昌也の演技は変わった。

それに気がついたのは、監督の原口と、敵役の坂東鮎之介だった。

藤本響は、何も気づかずに、相変わらず「暴走」を続けていた。

（七）

「僕には、この役はまだ無理だ……。

こんな役、僕にはとても……」

「潤一君、そう思ったら、もう負けだよ！　君は、最高の役を貰ったんだよ！」

三十年若かったら、康介がやってみたい役だ。

「とても無理だ！」

なんて、なんて贅沢なことを言うのだろう。

「『一途な愛』を、ぶつければいいんじゃないか？」

「一途な愛……？」

「そうだよ、一途な愛だよ。羨ましいくらい君にはピッタリだ。だから、講師は君を選んだんだ」

（なんでこんなことまで、言ってやらなくてはならないんだ？）

と、康介は腹が立ってきた。

「平成座アカデミー」では、潤一だって、康介のライバルなのだ。それなのに、潤一が、義理の息子の昌也みたいに見えるせいか、つい、応援してやりたくなってしまう。

（こんなに甘くちゃ、『役者』にはなれないな……）

反省はしてみるが、つい、アドバイスめいたものをしてしまう。

もう一人の、女とはいえライバルであるべき、佐々木芳子に対しても、やっぱり、娘みたいに思ってしまう。康介の一人娘、篠原繭子に、芳子はよく似ている。

顔だちが似ている、というのではない。「ウラカタ歌舞伎株式会社」の社員である繭子に比べて、芳子が少しばかり華やかであるのは、当たり前のことだ。

それでも二人はよく似ていると、康介には思える。それは、「愛」に淡白そうに見えてしまうというところだ。

が、今回の舞台で芳子が演じるのは、「秘めた愛」だ。秘めた愛ほど強いものはない。そんな強い愛を、芳子がどう演ずるかだ。

芳子は、キャリアがあるだけに、今回は自分を賭けて挑戦しなければならないだろう。

（ああ、これじゃ、まるで、演出家みたいだ……！）

役に付けなかったのだから仕方がないかと、自分を慰める。

「今日の私、どうも上手くいかなかったわ……」

芳子もまた悩んでいる。

みんな悩めばいいのだ。潤一も、芳子も、そして、昌也も、苦しみ抜けばいい。

(いいなあ、みんな、苦しめて……)

康介には、苦しむ場所が与えられなかったのだ。

(そうだ、これからは、少し悪い男になろう!)

編集者時代は、常に「できる男」、「いい男」を目指して、毎日頑張ってきたのだ。

役者というものは、「できる男」達が、実は密かに憧れている「悪い男」になってみるものではないだろうか?

今なら、康介は、そんな世界に飛び込んでいける。

「ねえ、あなた、今度はタイに行きたいわ!

タイって、『ほほえみの国』って言うじゃない？
なんか、もう、あくせくしないで、ゆったりと暮らしたいわ」
悪い男を目指す康介を邪魔する存在の第一は、妻の聡美のようだ。

（八）

原口監督作品、映画『夢幻』の、クランクアップが近付いている。
（まだまだ、やり切れていない……）
いやいや、全然できていないという思いが、昌也を苦しめる。

淳「ああ、もうこの街にも、いられない……」
薫「また、違う街に行けばいいよ！　どこかに住めるところはあるわ」
淳「お前は、帰れ！　まだ間に合う」
薫「もう、帰るところなんて、私にはないわ！」

淳「そんなことはない。お前には帰る『うち』がある」
薫「あそこには、もう二度と帰らないって決めたのよ。
　淳ちゃんと、ずっと一緒にいたいの」
淳「死ぬぞ、俺と一緒にいたら」
薫「死んだっていいのよ！　淳ちゃんと一緒なら」
その時、ドアがノックされた。
淳が、ドアを「すんなり」と開ける。
そこに立っていたのは、河田猛だった。
薫「お兄ちゃん！」
猛「迎えに来たんだ。さあ、うちに帰ろう！」
薫「どうして、ここが？」
淳「僕が猛を呼んだんだよ。君を迎えに来てほしいって」
薫「どうして、そんなことを？」
淳「君を死なせたくないからだ！　僕と一緒だと、君はこれからも、危ない目に遭わなくちゃならない」
猛「ありがとう、淳！　さあ、行こう、薫！」
薫「嫌よ！　絶対に行かないわ。
私はお兄ちゃんなんかには、絶対に付いて行かない！」
猛「どうしてだ？　淳は、『殺人者』だぞ！『殺人者』なんかに付いて
行くな！」
薫「だから、私はお兄ちゃんに付いて行かないのよ！」
猛「……？」
薫「私は、気付いてしまったよ。本当の犯人を……」
淳「本当の犯人……？」
薫「本当の犯人は」
猛「やめろ！　薫！」
薫「本当の犯人は、『お兄ちゃん』よ！」
淳「……！」

薫「お父さんを殺した、本当の犯人は、『お兄ちゃん』よ！」

最後にクランクアップを迎えたのは、昌也と響だった。

鮎之介の出番は、昌也達よりも一日前に終わっている。

昌也と響のクランクアップの日、鮎之介は、きっちりとスーツを着て、大きな花束を抱えてスタジオに現れた。

撮影が終わって、スタッフ達の前に昌也と響が並んで立った時、鮎之介がスタッフの中から現れて、大きな花束を、響と昌也に渡した。

「三人並んで、写真を撮りましょう！」

カメラマンの声に促されて、大きな花束を持った響を真ん中にして、左右に昌也と鮎之介は並んだ。

撮影が終わったばかりの昌也は、「垣本淳」のくたびれた衣装のままだ。

一方の鮎之介は、ブランド物のスーツを、きっちりと着こなしていた。

出来あがった写真は、どう見ても、鮎之介が「主役」のように見えた。

勿論、昌也と響の、二人の写真も、何枚かあった。が、あとで宣伝に使われた写真は、最後に撮った「三人の写真」が圧倒的に多かった。

その翌日行われた「打ち上げ」は、正に『夢幻』そのままであり、昌也は全身の力がいっぺんに抜けてしまったように、フワフワとして頼りなかった。

「良くやった！」

と、たった一言声を掛けてくれた原口監督の顔だけが、今も目の前にちらつく。

「昌也、俺は嬉しいよ！」

鮎之介はそう言って、昌也に握手を求めてきた。

昌也は、勿論嬉しくて、鮎之介の手を握り返した。が、鮎之介の手は酷く冷たくて、その目は笑ってはいなかった。

「昌也さん、ありがとう！」

響は、クランクインした時と、何も変わっていない。
いや、そう思うのは昌也だけらしく、スタッフ達は、
「響ちゃん、これからきっと、凄く売れるね」
と言い合っている。
（ああ、終わった……）
そのことが、昌也には、何よりも嬉しい。

第三章　夢舞台

（一）

昌也に、元の生活が戻ってきた。「育成出身歌舞伎役者」の日常が、繰り返される。

『夢幻』は、本当に、夢だったのか、幻だったのか。

週末から稽古に入る舞台の役は、「茶店の女」だ。

主役に絡んで、三つばかり台詞がある。

昌也にとっては、今までで一番いい役だ。そして、この舞台から、昌也は正式に「片岡昌也」となった。片岡一門に名を連ねることになったのだ。

稽古終わりに、昌也は、事務所に呼ばれた。

「『舞台』をやらないか？」

「『舞台』、ですか？」

「そうだ、普通の舞台だ。歌舞伎じゃない」

「でも……」

「今度の『茶店の女』の役も、『掛け持ち』で出来るだろう。『舞台』の本番は、まだずっと後だし……」

「わかりました！　で、その『舞台』っていうのは？」

「びっくりするなよ！　劇団『藤』の座長で、作者兼演出兼看板役者の藤野勝実からの直接の『オファー』だ！」

「藤野、勝実……」

と言えば、「藤野響」の父親だ。

「藤野勝実が娘の藤野響をヒロインにして、芝居を書いたんだ。

響の相手役を、是非君にって、言ってきた。凄いチャンスだぞ！」

響が、父親に迫ったんだろうか？

（あいつめ、余計なことを……）

いや、勿論余計なことではない。これは凄いチャンスだ。

「これから公開される『夢幻』がヒットすることを見込んでいるんだな……。

藤野勝実は、名プロデューサーでもあるからな」

「だから、響の相手役に僕を選んでくれたんでしょうか？」

「まあ、そういうことだろう」

その日の夜、藤野響からメールを貰った。

「相手役を引き受けてくれて、ありがとうございます！　また、昌也さんとお芝居が出来て、ほんとに嬉しいです（涙…）」

「ホントに、僕でいいの？　まだ、舞台で三つ以上台詞を喋ったことがないんだけど（笑）」

「喋るのが苦手な男の役だから、気にしなくていいの（少し、怒）」

「そうか、そういうことか！　了解！」

響の明るい顔が、目に浮かぶ。


篠原家の康介と聡美は、昌也が抜擢されたことを、手放しで喜んでくれた。

「階段を駆け上って行くっていう感じだな」

康介はいつも、独特な表現をする。

「繭ちゃんも、嬉しいでしょ？」

「まあ……」

繭子は、何故か、喜んでいる感じが今一つしない。

「まさか、繭ちゃん、妬いてんの？　その響って子に」

「まさか……！」

女房に食わせてもらっていた、売れない歌舞伎役者から、やっと脱出できそうなのだ。

それなのに、何故、繭子は喜ばないのだ？　問いただしてやりたいところだ。

舅と姑の前でなかったら、思いっきり、問いただしてやりたいところだ。


「嬉しいに決まってるじゃない。昌也がチャンスをつかんだんだもの……」

「これも、お父さんのおかげです！　お父さんが『夢幻』のオーディションを勧めてくれたからです」

「そうだよ、僕の『おかげ』なんだよ！　あのオーディションから、何もかもが始まったんだよ！」

「お父さん、そういう時は、『それは君の力だよ』、私はきっかけを与えただけだよって、もっと、謙虚に言うもんですよ。

僕のおかげだよ、なんて言われたら、感謝の気持ちも薄まっちゃいますよ」

「お母さんの言う通り！」

聡美の言葉に、繭子がやっと笑った。

（二）

映画『夢幻』の舞台挨拶が、「銀座ニュームービー」で、今から十分後に行われる。

舞台袖には、昌也と響の主演ペアと、「謎の男」鮎之介、それから刑事役のベテラン俳優と新人俳優のバディ、ベテラン女優、更には原口監督まで並んで出番を待っている。

今回は特別に、「舞台挨拶」が、都内の数か所の映画館で、同時に「ライブ」で放映される。過去に一、二回開催されたことがあるだけの、特別企画だ。

昌也を含めて、四人も「新人」が並ぶので、皆、「コチンコチン」に緊張している。

そんな中で、原口監督だけは余裕を見せて、

「やれることは全部やったんだ！　無心で行こう！」

と、新人俳優たちを励ましていた。

昌也は勿論緊張しているが、映画を撮っている時よりも、更に信じられないほどの「夢の時間」を過ごしていた。

スタイリストが用意してくれたスーツが、今まで着たこともないようなスーツだったので、なんだか落ち着かない。

（白のスーツなんて……）

繭子と結婚式も挙げなかった昌也には、初めての経験だ。

響を中心にして、昌也と鮎之介が両脇に立ち、更に袖に向かって、刑事達、一番外側が響と鮎之介の母親役のベテラン女優、一方の端が原口監督だ。

原口監督が口火を切った。

「たくさんの方に観て頂きたい映画です！」

正に、その一言に尽きる。大勢の人が、映画『夢幻』の製作に携わった。

みんなの心が本当に一つだったかどうかは分からない。が、とにかく、一つのものに向かって、みんなで一緒に走り続けた。その結晶が、映画『夢幻』だ。

サスペンスなので、坂東鮎之介は、「謎の男」として紹介された。

「真犯人は、映画の最後まで分かりません。どうぞ、最後まで、決して気を抜かずにご覧下さい！　どんでん返しが待っているかもしれません」

と、滑らかにしゃべったのは、「母親役」のベテラン女優だ。

「ご覧になって下さった方は、お友達に結末は言わないで下さいね！」

響が言うと、「はーい！」とか、「ウワア！」とか言う歓声がドッと湧いた。

鮎之介は喋りたくて仕方がないという顔付きだったが、舞台袖で、

「今日は、君は、何も言ってはいけない！」

と、原口監督から念を押されているので、歯を食いしばって、沈黙を続けている。

昌也は黙って、観客に向かって、頭を下げた。

そして、再び顔を上げた時、思わず観客に向かって右手を掲げていた。

観客席が、響の時よりも一層大きな歓声に包まれた。

「キャー！」

という黄色い声まで混じっている。

それは、今まで見たことも聞いたこともない、夢の世界だった。

（三）

「片岡さん、もう少し、笑顔でお願いします！」

掃除機のコマーシャルである。ついに、ＣＭに出演のオファーがきたのだ。

学生の頃、サークルの夏の合宿で、信州に行った。みんなで山に登って、頂上で、コーラを飲んだ。

「なんか、コーラのコマーシャルみたいだな」

「ホントだ！」

みんなで言い合った。

コマーシャルと言うと、「山でコーラ」のイメージだ。

でも、現実に貰ったオファーは、「掃除機」だった。

掃除も洗濯も、そして料理も、繭子と分担して、いつもやっている。

だから、特に、掃除は得意だ。でも、「笑顔」を意識したことは余りない。

「なんか、楽しくて仕方がないっていう感じが、欲しいんです！」

と、「演出家」が言う。

（楽しくて仕方がない、だって？　そんなわけないじゃないか！）

そう思うが、演出家の指図には逆らわない。仕事なのだから。

「はい、ＯＫ！　じゃ、次、『お風呂掃除』行きます！」

掃除機の次は、「お風呂用洗剤」のコマーシャルだ。掃除機と抱き合わせで、オファーをもらったのだ。

お風呂掃除も、「笑顔」でやるんだろうか？

「はーい、『お風呂掃除』のコンセプトは、『簡単・キレイ』ですから、クールに決めて下さい！」

今度は、「クール」か？

「はい、もっと、涼しい顔で」

「涼しい？」

「『あっという間に、ピッカピカ！』って顔で、お願いします！」

どんな顔でもしてやろう、仕事なんだから。

舞台の稽古で苦労している時だけに、演出家の指示通りに動けばいい

ＣＭの仕事は、むしろ、ストレスの解消になる。

「お疲れさまでした！　片岡さん、掃除が上手ですね」

昌也は、「片岡昌也」を襲名したのだ。

片岡さんと呼ばれるのには、まだ慣れてはいない。

「掃除は、いつもやっていますから」

「自然な所が良かったなあ……」

演出家は勝手だ。「笑顔だ」、「クールだ」と言っておきながら、終わってみれば、「自然だ」などと言う。

「このＣＭは、シリーズで続きますよ、これから」

ＣＭに出ると、顔が売れる。顔が売れれば、昌也の「商品価値」が上がって、歌舞伎でもいい役を貰えるかもしれない。

それが、昌也の望みだ。

だから、貰ったオファーは、決して断らない。貰った役で成長して、階段を一歩一歩と上って行くのだ。

（四）

坂東鮎之介の妻、愛美からメールを貰ったのは、午前中の稽古が終わった後だった。

「今、秋葉原の『ビックデンキ』！　目の前のモニターに、昌也の掃除機のCMが映っています！　昌也って、すごく楽しそうにお掃除をするんだね。思わず昌也が宣伝していた掃除機を買っちゃいました！」

「ご購入、ありがとうございます！　きっと、掃除機のCM第二弾のオファーが来るな」

「夕方まで時間が空いてるんだけど、会えないかしら？」

「二時間待っててくれたら会えるよ。稽古が終わったら飛んで行く！」

愛美と、人形町のカフェ「雅」で落ち合ったのは、それから二時間後のことだ。

「待たせて悪かったな」

「会いたいって言ったの、私だもの……」

「どうしたの？」

と、思わず昌也は、愛美の顔を覗き込んだ。笑顔は作っていたが、目の奥に何か沈んだものがあるように感じたのだ。

「鮎之介が、ちょっと、荒れてるのよ」

「暴力を振るうとか？」

「そこまではしないけど……。なんか、不貞腐れてるみたいで、ネチネチ嫌みを言ったりするの。『夢幻』で、昌也に負けたって言ってたわ」

「……」

「だから、今日、昌也が掃除機持って笑ってる顔を見たら、どうしても会いたくなっちゃったの」

「俺はいつでも会いにくるけどさ、お前は『梨園の奥様』だからな」

「昌也だって、売り出し中の『スター』じゃないの。それに、繭子さんだっているし……」

「今も『写真』を撮られたりしてるかもな」

ハハハと、笑って見せる。

だが、愛美は笑わなかった。

「昌也と結婚してたら、今頃はもっと幸せだったんだろうなって」

「大変だぞ、『食えない役者』の女房なんて！　お前が食わせなくちゃならない」

「そうだね、私には出来ないかもね……」

「やっぱり、お前は『梨園の奥様』が合ってるんだよ」

そう言うしかないではないか。

「昌也の掃除機で、毎日頑張って掃除するわ！　次は、洗濯機とかアイロンとかのCMやってよ。家事が好きになるかもしれないから」

愛美は、やっと、笑った。

（五）

影山麗子は康介と同じ六十歳だ。「新婚ほやほや」ではなくて、「離婚ほやほや」である。

その麗子が、平成座アカデミー俳優養成所チャレンジ公演『ブルーローズ』で、主役を張っている。

芝居経験どころか、歌も踊りも全く経験のない麗子であるにもかかわらず、まさに「はまり役」だと、みんなの注目を集めているのだ。

「麗子さんは、本当に、お芝居の経験がないの？」

「ありません」

「ホント？」

「ホントです。夫が定年を迎えたら、私は離婚して役者を目指そうと決めていたんです」

「定年を迎えたら、役者を目指すっていうところは、僕と同じなんだけどね……」

麗子の夫も六十歳だから、三人一緒のわけだ。

「離婚するために、頑張ってきたんだ……？」

「頑張りました。離婚した時に、あんな奴だったから、別れて清々したなんて言われたくないでしょう」

「ほおお、『いい奥さん』だったんだあ！」

「そうですよ。主人のお弁当をね、十二年も作ってきたんですよ」

「十二年……！」

「息子のお弁当は、高校の三年間だけだったけど、主人のお弁当は十二年間ですもの……。主人が言ったんです。

『息子のお弁当が終わったんだから、今度は俺のを作ってくれよ』って。

あの時、はっきり、言えばよかったんです。

『息子には出来ても、あなたには出来ないわよ』ってね。会社で、『愛妻弁当なんて、羨ましいな』って言われたそうです。でも、愛妻弁当、なんかじゃなかったんです。『愛憎弁当』だったんです」

ぞっとする話だ。康介は、女房に「愛妻弁当」なんて要求はしなかった。会社の近くの店で、会社の部下や女の子達とランチを楽しみたかったからだ。

康介の場合は、「お弁当」は、セーフのようだ。

康介は、麗子を見るのが、段々辛くなってきた。麗子が、康介の妻の「聡美」と重なってしまうからだ。

「お弁当」は、セーフだが、何か、康介にはわからない「決めポイント」が、聡美にもあるのかもしれない。

「私が憎かったのは、『お弁当』だけじゃないんです。他にもいろいろありました。

中でも許せなかったのは、大事な『約束』を破られたことかしら……」

「約束……？」

「そうです！　約束です！　結婚したばかりの頃は、主人の両親と一緒に住んでいたから、私は主人にねだったんです。

月に一度なんて言わない、三ヶ月に一度、ううん、半年に一度でいいから、おばあちゃま達に子供を預けて、お芝居を観に行きましょうよって。

そしたら、主人、言ったんですよ……。

『半年に一度だなんて、馬鹿なことを言うな！

一ヶ月に一度は、芝居を観て、ディナーだよ！』って。

それで、次の月に、歌舞伎座に『義経千本桜』を観に行ったんです……」

「へえ、『義経千本桜』か！」

「でも、後にも先にも、それ一回きりでした……。それきり、約束は実行されなかったんです」

康介は、凍りついた。

康介は、聡美との大事な「約束」を果たさなかったのだ。

「退職したら、『ヨーロッパ一周旅行』に連れて行ってね！　あなたと私への『ご褒美旅行』よ！」

「約束するよ！　絶対にヨーロッパに連れて行く！　なんなら、『世界一周』だっていいぞ！　お前の望みは、俺の望みだ。お前に言われたからじゃない！　俺が行きたいんだ！」

力を込めて宣言した日のことを、康介は今でも鮮明に覚えている。

あれから三十年、「事情」は変わった。

康介は、定年で退職した後、「平成座アカデミー　俳優養成所」に入った。そのおかげで、「ヨーロッパ一周旅行」は、「台湾旅行」に縮小された。

康介は「約束」を破ってしまったのだ。

「台湾でいいわ……」

と言った時の聡美は、決して怒ってはいなかった。

が、笑ってもいなかった。

（いや、あの時の聡美の目は、暗くて……）

冷たい目であった。

（六）

「もっと、競い合わなくちゃ駄目だな……」

『ブルーローズ』Ａチームの演出を担当する、平成座アカデミー俳優養成所講師の「望月裕太」は、舞台を見つめながら、腕を組んで呟いた。

その呟きは、隣で「補佐」をする康介に、はっきりと聞こえた。

（役者に伝えろ、っていうことか……？）

「競い合わなくちゃ駄目だ」

と、望月は確かに言った。

そう思って、舞台を眺めると、確かに望月の言う通りだという気がしてくる。

役者達は、みんな仲がいい。同じ教室の仲間であり、望月の教え子たちだからだ。

康介にしたって、もっと、役者たちを羨ましがって、嫉妬すればいいものを、じっくり見て、何か、アドバイスをしてやろうなどと考えている。

でも、それは、少し甘いのかもしれない。芝居の世界は、「弱肉強食」の厳しい世界なのだ。自分だけ光ろうと思う方が普通だ。

繭子と同年代の、最早ベテランとも言える女優の「佐々木芳子」は、今回は、余裕で役を演じているように見える。

芳子は、余裕で、伸び伸びと役を楽しんでいる。

しかし、今回の公演は、わざわざ「チャレンジ公演」と謳われているのだ。

芳子はもっと、講師で演出家の望月に、自分をアピールしなければならないのだろう。

そのことを、芳子は気付いていないのだろうか。

「芳子ちゃん！」

と、康介は、舞台を下りてきた佐々木芳子に声を掛けた。

「望月講師が、舞台を見つめながら、『もっと競い合わなくちゃ』って、呟いていたよ」

「競い合う？」

芳子は、少しむくれた、ように見えた。

（私と競い合える役者なんか、いないいんじゃないの？）

と、その顔は言っている。

「公演には、やり手のプロデューサーなんかも観に来るって言うじゃないか」

「……。篠原さん、『小道具』、もう大丈夫なんですか？」

「君に似合った小道具を用意してるよ」

「ありがとう……。

それだけで、結構です！」

女も、三十も後半となると、全く可愛くない。

繭子もそうだから、仕方がないことなのか？

「芳子ちゃんの役って、もっと周りを、引っ張って行ってもいいんじゃないか？

うちの娘なんか、凄いよ。何しろ、娘婿は、芽の出ない歌舞伎役者なもんだから、娘は、半端なくリードしてるよ」

「そうなんですか？」

芳子は、未だ独身である。

「ま、最近、娘婿は、映画の方では、ちょっと日の目を見るようにはなったんだけどね。

未だに、娘には頭が上がらないみたいなんだ」

「……。アドバイス、ありがとうございます。

でも、篠原さんこそ、ライバルの役者なんか、蹴落とさなきゃいけないんじゃないですか？　私だって、ライバルですよ、篠原さんの」

どうやら、康介は、佐々木芳子に一本取られてしまったようだ。

（七）

篠原家では、朝食はいつも四人で揃ってとることにしている。

以前は、会社員の繭子と、康介が、バタバタと忙しく出かけて行ってしまうので、残された昌也と聡美は、ゆったりも出来ずに、なんとなくそそくさと朝食を終わらせた。

康介の退職により、会社員は繭子一人になったので、バタバタと忙しく出かけて行くのは繭子一人だ。従って、朝食はゆったりとしたものにはなったが、何しろ「二対一」であるから、居心地の悪さは否めない。

「どうだ、舞台の方は？」

などと康介から言われても、朝から気楽に話せるものでもない。

康介は毎日が「授業」だろうが、昌也は、「仕事」なのだ。

「なんとか、順調にやってます」

「競ってるか？　役者達は」

「競う……？　アンサンブルですから、助け合って、むしろ、楽しくやっていますよ」

早く席を立ちたいのもあって、昌也は食器を片づけながら康介に答えた。

「それは勿体ないな。せっかくのチャンスを貰ったんだから、昌也君はもっと自分をアピールした方がいいんじゃないか？」

「でも、主演は藤野響ですから……。僕の役目は、響を光らせることにあるんです」

「それだけでいいのか？」

「……」

「あなた、朝から、『重いこと』を言うから、昌也さんが困ってるじゃないの」

助け舟を出してくれたのは、聡美だ。

聡美は、昌也を気遣って、朝はいつも軽い挨拶程度の会話だけにしてくれていたのだ。

「そうか、確かに……。昌也君、すまん！　いやね、毎日、演出担当の講師の横で、講師の呟きばっかり聞かされてるもんでね」

「講師が言うんですか？『競え』って？」

「そうなんだ。舞台を見つめながら、役者はもっと競わなくちゃ駄目だって、呟いたんだ」

昌也は三人分のコーヒーを淹れながら、

(『競う』、か……?)

と、ぼんやり考えた。

コーヒーを淹れると言っても、コーヒーメーカーで淹れるだけだ。が、聡美はいつも、昌也のコーヒーを褒めてくれる。

「今日のは、ちょっと、濃いわね。でも、このくらい濃い方がおいしいわ……」

「粉が、ちょっと多かったですかね……。あ、でも、おいしい! 実は、僕も濃いめの方が好きなんです」

コーヒーの香りは、ふっと、心を和ませてくれる。

(そうか……! 響と、もっと、競った方がいいのか……)

「昌也君、『ブルーローズ』、観に来てくれよな。結構いい芝居に仕上がってるから」

昌也は、康介が、薄めのコーヒーの方が好きなことを知っている。

だから、さっきの仕返しに、濃いめのコーヒーを淹れた訳ではない。
自然に、手が動いてしまったのだ。
（すみません、お父さん）
心の中で謝りながら、昌也はコーヒーを啜った。
（今日の稽古は、ちょっとチャレンジしてみようかな……）

（八）

佐々木芳子の演ずる役は、主役ではないが、芝居の「要」にもなっている役だ。
「要」の芳子の芝居が、明らかに変わった。存在感を放ち始めたのだ。
芳子は、今回の舞台で、主役を食う「助演」の役者として花開いた。
芸名も、今回の芝居から、「佐々芳香」に変わった。
芳香は、心に決めた。

人とは違った人生を生きる。結婚はしない。子供も要らない。恋人も要らない。

芝居が「恋人」だ。芝居だけで、食べていくのだ。

「篠原さん、ありがとう!」

「ん? ああ、『あれ』ね……」

「あれ」というのは、芳子が「小道具」として使う「傘」のことだ。

「あれを見つけたのは、ほんとに『奇跡』なんだよ! 実は、娘の『アドバイス』のおかげなんだ」

「『小道具』じゃなくて、『競え』の方!」

「キソエ……?」

康介は、自分が言った言葉を、すっかり忘れていた。

『ブルーローズ』は、幕を開けた。

出演者が六人だけの芝居だから、みんなが「共鳴」し合わなければ、いい芝居にはならない。

（まるでコンサートのようだ……）

と、康介は思った。自分が、六人のアンサンブルの中にいないのが、本当に悔しい。

（もう二度と、こんな悔しさは味わいたくない……）

味わうものかと、康介は誓った。

そして、やっぱり、芝居は「台詞」だな、とも改めて思った。いい脚本を、もっと見直すべきだ。

いい芝居は、もっとたくさん「再演」されるべきなのだ。クラシックの名曲は、いろいろな人々に、あらゆる場所で、演奏されてきたではないか。

時には、名もない小さな楽団が、素晴らしい演奏をすることもある。

芝居の世界も、もっと「再演」を増やして、競わせるべきなのだ。

いい芝居が終わった時のカーテンコールは、最高だ。

そこにもまた、康介は立つことが出来なかった。
（次は、きっと……）
なんて自分はいじましい、とも思う。でも、それでいいのだ。次は
きっと、と思う気持ちが、本当に「次」を呼ぶ。
アンコールの拍手が鳴りやまない。
「いい芝居だ……」
演出の望月が、康介の隣で呟く。
「いい芝居」と望月が言うのを、康介は初めて聞いた。

（九）

「坂東鮎之介、別居！」

という記事を、ネットで読んだ。

家を出たのは、鮎之介の方らしい。

(何をやっているんだ？　あいつは……)

「会いたい」

というメールを、愛美から貰った。いつでも会いに行くさと、愛美に言った昌也だ。

(会いに行こう！)

愛美を助けたい。

「人形町の『雅』で待ってる」

と返信した。

「雅」に駆けこんできた愛美は、「掃除機を買った」時よりも、少しやつれて見えた。

そんな愛美を見た瞬間、鮎之介に少しばかりの憎しみが湧いた。

「藤野響って子と、浮気をしていたのよ、鮎之介は」

「響と？」

「昌也に取られまいって思ったんじゃないの、『また』……」

「俺は別に……。『響』は、ただの『ヒロイン』だ」

「ホント?」

「そう……、だよ」

確かに、響は、急に「艶」を増した。

女っぽくなったとも言える。

(あれは、鮎之介の力だったのか……?)

鮎之介は、相手を光らせる不思議な力を持っている。映画『夢幻』で昌也を光らせてくれたのは、鮎之介だ。

だから、昌也は、鮎之介には感謝していた。

しかし、愛美を苦しめる鮎之介は許せない。

とはいえ、愛美を奪う訳にもいかないではないか。

昌也には、繭子がいる。昌也は、繭子を裏切るわけにはいかない。

「鮎之介は、きっと帰ってくる」

「待つしかないの?」

待つしかない。それしか言えない。

「待っていれば、いつか帰ってくる！」

「……。帰るわ」

愛美は、静かに席を立った。そして、ドアに向かった。

「愛美！」

昌也は、愛美の背中に声を掛けた。

愛美は、振り返らなかった。

（十）

今日こそ、響に言わなければならない。

もうじき、公演も千秋楽を迎える。終わってしまえば、響とはもう会わなくなるかもしれない。

はっきりと、しかも短く言うことだ。

「鮎之介とは、いつから？」

「どうして、知ってるの？」

「それはいい。僕の質問に答えてほしい！」

「昌也さんが私の恋人なら、答えなくちゃならないけど、恋人じゃないから、答えなくてもいいんじゃない？」

「でも、答えてほしい！」

「そんなに、聞きたい？」

「ああ、聞きたい」

「なら教えてあげる。『夢幻』の打ち上げの時からよ。

鮎之介さん、私を昌也さんに取られるんじゃないかって、焦ってたみたい……」

鮎之介は、いつもそうだ。「一人相撲」を取る。

「どうして、そんなのに、乗ったんだ？」

「だって、鮎之介さんのそういうとこ、可愛いもん……。

女って、そういうのに弱いのよ」

まだ、大学を出たばかりだというのに、一回り以上も違う男のことを舐めている。

「そんなことをしていると、『怪我』をするぞ」

「女優って、少しぐらい怪我をしなくちゃ、成長しないって、パパが言ってたわ」

親子でそんなことを言っているのでは堪らない。

「君と鮎之介が遊びでやってることに、傷つく人がいるんだ」

「それって、昌也さんのこと？」

「……」

「愛美さんのことね。やっぱり、昌也さんも、鮎之介さんの奥さんのことが好きなんだ！

鮎之介さんが言ってたわ。女房は、高校生の頃から、鮎之介さんよりも昌也さんのことが好きなんだって」

昌也には、返す言葉が見つからない。

「いいわ、鮎之介さんは、奥さんに返してあげる。その代わり、昌也さんが私と付き合って！そうじゃないと、鮎之介さんは、絶対に返さないわ！」

「そんなわがままを言うんじゃない！」

「そういう昌也さんのおっかない顔、大好き！」

飴も鞭も、響には利かなかった。


千秋楽。カーテンコールが、何度も繰り返される。

何度目かのアンコールの後、舞台は、響と、昌也の二人だけとなった。

客席から、響と昌也の二人にそれぞれ、大きな花束が渡された。

花束を抱えた響の右手が、昌也の左手に伸びてきた。

昌也はその手をつかんだ。観客からは見えないだろう。

舞台のパートナーとしては、これからも、響を離したくはない。響は、これからも、昌也を違った世界に導いて行ってくれる予感がする。
それは、「危ない道」かもしれない。
「芸能の道っていうのは、きっと、『危うい道』なんだ」
と言ったのは、康介だっただろうか？　鮎之介だっただろうか？
もしかしたら、繭子だったかもしれない。
「危うい道」に、昌也は迷い込んでしまったようだった。

第四章　スクランブル

（一）

「今日は、私も付き合うわ」

朝のジョギングである。昌也と康介は、二人並んで「やすらぎ公園」まで走る。

但し、毎日という訳ではない。

「週に三回は走りたいな」

と、二人で言っている。毎日走るなどと決めてしまったら、「プレッシャー」になりそうで怖いのだ。

珍しく、繭子が、「参戦」するというのだ。

「昌也君、何か、後ろめたいことはあるか?」

「い、いいえ、後ろめたいことなんて……」

ないと言えばないが、あると言えばある。でも、そんなことは康介には言えない。

康介は舅、すなわち、繭子の父親なのであるから。

「どうしたんだ? 繭子!」

康介が、昌也が聞くよりも先に聞いてくれる。

「『戦う』には、体力がいるでしょ?」

(た、戦う?)

「ドキン!」と、昌也の心臓が鳴る。

「誰と、戦うんだ?」

聞いてくれたのは、またもや康介だ。

「『仕事』よ! 仕事と、戦うのよ! バッチリ、片付けたいの!」

藺子も、父親の康介に似て、表現が尋常ではないことが多い。

その度に、ドキリとしたり、ホッとしたり、受ける方は忙しい。

「俄か参戦」の藺子は、公園に到着すると、もう音を上げた。

「帰りは、ゆっくり歩いて行くわ」

「会社は、間に合うのか？」

「今日は、ちょっとゆっくりでいいのよ。その代わり、夜は遅くなるから、よろしく！」

「了解！」

藺子が「遅くなる」という時は、本当に遅い。終電で帰ってくることがほとんどだ。

芝居の裏方というのは、それ位、大変な仕事なのだった。

家に帰ったら、愛美に連絡をとろうと思う。

（今夜は、愛美に会いたい……！）

藺子が自動販売機で、水やコーヒーを三本買ってきた。

康介が水のペットボトルを受け取った後に、

「俺は、コーヒーを貰っていいかな?」

と、昌也はコーヒーを貰った。

ベンチに三人で座って、ペットボトルを傾けながら、青い空を見上げる。

新緑の上に広がる青い空。一年で一番いい季節だ。

「お父さん、いい役を貰ったんですって?」

「準主役を貰っちゃったんだ。アカデミーも、二年目に入ったから、気合を入れてオーディションを受けたら、とんでもない役を貰っちゃったって訳だ」

康介は、さすがに嬉しそうだ。

「名作の再演でね」

「お父さん、再演が好きですもんね」

名作は、再演を重ねて、後世に残すべきだと、康介はいつも言っている。

「一家の主人の役でね……。

　主人の妻が亡くなるところから芝居は始まるんだけれど、それから最後まで、妻は『幽霊』になって登場するんだ」

「幽霊？」

　昌也はホラーが苦手だ。歌舞伎の『四谷怪談』とか、『牡丹灯籠』などの幽霊は、ぞっとするほど恐ろしい。

「それが、あったかい、明るい幽霊なんだよ。涙をそそる芝居ってやつさ」

「お父さんにピッタリの芝居ですね」

「今までの集大成の芝居にしようと思う」

　だから、康介は「走り」まで違うのだ。康介の走りは軽快で、昌也は付いて行くのがやっとだ。

　水分補給をしたおかげか、繭子も、「帰り」も懸命に二人についてきた。出勤時間が迫ってきたからかもしれない。

家に戻った繭子は、バタバタと支度をして、再び飛び出して行った。

繭子を見送った後、昌也は愛美に電話を入れた。

「今夜、七時、人形町の『雅』で待ってる」

「七時、『雅』ね」

と密やかな声で、愛美は答えた。

（二）

「家に入れてもらえない坂東鮎之介！」

という見出しが、週刊誌の表紙に躍っている。

（鮎之介も大変だな……）

つい同情してしまうが、まさか、愛美にそんなことは言えない。

愛美を待つ間、昌也はあれこれ考えを巡らした。

（夫婦のことだからなあ……）

そんなことを言ったら、愛美は絶望するに違いない。昌也は、愛美の希望の光になってやりたいと思っている。

（でも、それは、叶わないことだろうか……？）

「お待たせ！」

五分遅れて、「雅」に現れた愛美は、思ったよりも元気だった。

愛美は、「坂東の家」におり、鮎之介が外にいるからだろう。

「お父さんやお母さんが、鮎之介を『許さない』って言ってるの。でも、それも、『ポーズ』よ。世間の目がうるさいから、そういうポーズを取っているのよ。

本当はね、『役者の女遊びは芸の肥やし』、って思ってる人達なのよ。もう一回、鮎之介が詫びを入れてきたら、鮎之介を許すつもりよ、お父さん達は。

だって、可愛い息子なんだもの」

「それで、愛美はいいの？」

「いい訳ないでしょう！　鮎之介が家に戻ってきたら、私は『坂東の家』を出るわ。

でも、息子は私にくれないと思う。大事な『跡取り』だもの」

愛美は、決意のこもった目で、昌也を見つめた。

昌也が未だに独りだったなら、いくらでも愛美を受け止めることが出来る。

だが、昌也には繭子という「過ぎた女房」がいる。昌也を「一人娘の婿」として認めてくれている両親もいる。

理性では、愛美に惹かれてはいけないということは、十分にわかってはいるのだ。

だが、昌也にとって愛美は、誰よりも可愛い、守ってやりたい女性なのだ。

昌也を頼ってくるところは、女房の繭子よりも、むしろ可愛い。

女房の繭子を、「立派だ」と思いこそすれ、「可愛い」とは思えなくなってしまった昌也だ。

夫婦というのは、難しい。鮎之介が、愛美よりも響の方を可愛いと思う気持ちも、わかる気がする。響の「天然」ぶりには、ふっと、癒されてみたくなるものがある。

（でも、あれは、もしかしたら、『天然』なんかじゃないのかも……？）

響は、「天然」のベールで覆われた、「魔性」の女なのかもしれない。

（三）

藤野響の勢いが止まらない。

映画『夢幻』の「河田薫」役で、新人賞を総なめにした。

更には舞台でも、新人賞を獲得した。

「不倫騒動」で、ネットや週刊誌に叩かれるのは、鮎之介ばかりだ。響の方は、「遊び人」坂東鮎之介に遊ばれた「悲劇の女」として、同情票さえ集めている。

響が、演劇界の巨星「藤野勝実」の娘であることから、ネットはともかくとして、週刊誌の方は、響を叩くことを遠慮している感もあった。

いや、もしかしたら、「藤野勝実」が、娘へのバッシングを阻止しているのかもしれない。

だから、響は、相変わらず「やりたい放題」だ。

響の、舞台の新人賞受賞のお祝いの会「凪の響」に、昌也は招待された。

主催するのは、「藤野勝実」だ。

お祝いの会というよりも、「藤野響」の「ディナーショー」のような感がある。

実際に、ディナーショーのように、テーブルに着いた招待客が食事を終えてから、会場が一瞬暗くなって、藤野響が会場の後ろのドアから登場した。

招待客達が座っている丸テーブルの間を縫って、響は舞台へと進む。ピンクのロングドレスの響は、今を盛りと咲く花のようだ。

昌也を見つけると、嬉しそうに顔を近づけてきた。他の客達が羨ましがる程の「特別待遇」は、昌也にとっても誇らしい。

「おめでとう！」

と囁くと、昌也の耳元で、

「ありがとう、来てくれて！」

と、元気に答える。「後で」と言い残して、響は舞台への階段を上って行った。

昌也は、ディナーの後のコーヒーに、口を付けた。

「皆さま、『藤野響』でございます！　本日は、お忙しいところを、『藤野響新人賞受賞記念パーティー　風の響』においで下さいまして、本当にありがとうございます！」

響は活舌がいい。そして、歯切れがいいので、響の言葉は、聞く者の胸にすっと入り込んでくる。

もしかして、会場に鮎之介がいるのではないかと、昌也は周りを見回してみた。

が、鮎之介の姿はどこにもないようだ。

（まさか、ここには、来れないか……？）

と、その時、響が現れた会場後方の扉辺りで、

「キャー！」

という悲鳴に近い声が上がった。

一人の男が、扉の中から会場に乱入し、舞台に上がろうとばかりに駈け出した。

悲鳴に驚いた男達が、すぐに彼をはがいじめにする。事件が起きることを想定していたかのように、会場各所に配置されていたのは、劇団「藤」の劇団員達だった。

舞台では、響が何事もなかったかのように、ソロデビューとなる自作の歌『青い炎』を歌い出した。

それを見届けると、父親の藤野勝実は、会場後方の扉へと走って行った。

昌也は席を立ち、藤野勝実の後を追った。

（四）

「響とは別れろ！」

勝実に言われて、鮎之介は、その場にへたりこんだ。

「……」

「君は歌舞伎の道に精進しろ！」

その言葉を最後に、勝実は鮎之介に背を向けた。

娘の響の晴れの場を、これ以上壊したくないと思ったのだろう。

鮎之介を取り押さえていた劇団員達も、勝実の後を追って、会場内へと消えて行く。

「鮎之介……」

昌也は、へたり込んだままの鮎之介に手を貸して、まずは立たせた。

「一人にしてくれ！」

「いや、駄目だ！　心配してるんだ、これでも」

「余計なお世話だ！」

「いい加減にしろ！」

殴ってやろうかと思うが、また騒動を起こすわけにもいかない。

「坂東の家へ帰れ！　頭を下げろ！　お前は、御曹司だろう」

「だから、頭なんか下げられないんだ！」

「そんなことを言ってる場合か？」

自分から折れる鮎之介ではない。が、家へ帰るしかないことは、鮎之介も、十分わかっているはずだ。

昌也は、鮎之介に付き添って、会場を後にした。

鮎之介が宿泊しているという、新宿のホテルに行く。

最上階に、夜景の綺麗なレストランがある。

鮎之介と食事をするのは、繭子が鮎之介に、『伝統工芸の夕べ』に出演依頼をした時以来だった。

「こんなに夜景が綺麗だったんだ……」

相変わらず、鮎之介は、呑気なことを言った。

「おまえはいつも、俺が狙ってるものを、持って行っちまう」

鮎之介の前には、赤ワインのグラスが置かれている。ワインで有名な店だ。

「反対だろ？　俺が欲しいものを、みんな先に攫っていくじゃないか」

昌也の前には、白ワインのグラスだ。

「愛美が好きだったのは、お前だったんだ！

だから、俺は先に愛美をお前から奪った」

「……」

「でもやっぱり駄目なんだよ」

「お前の女房じゃないか」

「俺の女房にはなったけど、あいつはやっぱり、お前が好きなんだ」

「好きでも、もうどうにもならないよ。俺にも女房がいる」

「響だって、そうだ。響は俺よりも、昌也、お前が好きなんだ」

「……」

「なんで、お前なんだ？」

「俺は、お前の敵でもなんでもないよ。俺は、『売れない役者』だ！」

「そう言いながら、俺を抜いて行ったじゃないか」

「まだ、抜いちゃいないよ！　でも、お前がそう思うんなら、また、抜き返せばいいじゃないか！」

昌也は、鮎之介に嫉妬される程には、まだ出世はしていない。

これからが勝負だと思う。

「歌舞伎で、坂東鮎之介の相手役がやれるようになりたいって、ずっと思ってたんだよ」

「まさか……？」

「嘘じゃないさ。でも、今日からは、お前と俺とは『ライバル』だ。お前と争うことにしたよ、今日からは」

昌也が自分を抑えたことが、愛美も、そして、響をも不幸にしてしまったらしい。

ならば、もう自分を抑えるまい。

自分を磨き、芸を磨いて、周りの人間に「幸せ」を与えるのだ。

それが「歌舞伎役者」だということに、昌也は初めて気がついた。

（五）

人は、突然死ぬ。芝居の中で。いや、現実にもだ。

今度の芝居は、幕が開いて、母と息子の何気ないやりとりがある。それが、第一幕第一場だ。第二幕が始まると、母親は既に死んでいる。さりげない会話を交わした息子の驚きようは、想像に難くない。この息子役を、宮本潤一が演じている。力まない演技が、息子役にぴったりだ。

父親役を、康介が演じる。康介にとって、父親役は、正に「大役」だ。

「潤一君、今度の芝居は凄くいいなあ。『はまり役』だ」

「覇気のない息子ですからね。確かに、僕にピッタリですよ」

「覇気のないように見せるなんて、そうそう出来るもんじゃないよ」

これは康介の正直な気持ちだ。

康介は編集者として、定年まで、まっしぐらに働いてきた。迷うことも余りなかったように思う。

上司にも、部下にも、言いたいことは遠慮なく言ってきた。

だから、今度の芝居で演じる「父親」のように、言いたいことも言わず、やりたいこともやらない男の気持ちが、今一つつかめない。

女房が、「突然」死んだのだ。もっと悲しめばいい。もっと寂しがればいい。

しかし男は、左程悲しがらないし、寂しがりもしない。あまり喋りもしない。

舞台で、「喋らない男」を演じるのは難しい。

「喋るのは、周りの人間だけで、肝心の息子も父親も、ちっとも喋りませんもんね」

「いい芝居だけど、やっぱり、難しい芝居だよね」

だから、アカデミーでは、「課題」として取り上げたのだなと、康介は改めて納得した。

潤一や昌也は、「役者」を一生の仕事としてやっていかなくてはならないのだから、大変だ。

しかし、康介は彼等とは違う。康介にとって、「役者人生」は、第二の人生なのだ。

「第二の人生だからって、気楽にやっていいのか？」

と、以前の康介だったなら、息まくことだろう。

でも、今の康介は違う。

あえて、自分に「気楽にやる」ということを課しているのだ。

もう、突っ走ったりはしない。周りを見ながら、ゆっくりと走るのだ。

突っ走ってしまっては見えないものを、じっくりと見ながら走る。

それが、康介が自分自身に課した課題だ。

「幽霊役って、楽しいわ」

影山麗子は、またも、大役を勝ち取った。

四谷怪談の「お岩」みたいだったなら大変だろうけど、今度の芝居では、死んだ後も「母親」は、優しく家族を見守る。優しい幽霊なのだ。

「ただね、生きてる人と会話はできないのよね？」

それは、そうだ。だから、麗子は、登場しても、「一人芝居」をしなくてはならない。

「このお母さん、ちょっと優し過ぎるのが欠点だと思うわ。

私だったら、死んでまで、家族の心配なんてしたくないわ！」

今回は、影山麗子だけは、「ミスキャスト」だったようだ。

（六）

宮本潤一は、父親の俳優「宮本浩一郎」のコネを、何故使わないのだろう。

使わない手はないと、康介は思う。

昌也の相手役を演じた藤野響は、父親の劇団座長、そして看板役者である藤野勝実の後押しによって、「スター街道」をまっしぐらに駆け上っているではないか。

潤一は、本人は気付いてはいないが、スターになる資質を十分に持った役者だ。

が、何故か、未だに前を向いてはいない気がする。

(一体、何が、潤一の足を引っ張っているのか……?)

「何をやっても親父には勝てない。

『君のお父さん、凄く良かったんだよ』って言われる……」

「お父さんはお父さん、君は君、でいいんじゃないか?

今度の芝居だって、そうじゃないか! 君と僕が演じる、父と息子の気持ちは、ちっとも通じ合わないじゃないか。

お父さんのようになろうなんて思う息子って、そんなにいるもんじゃないよ。
お父さんを踏み台にして、君は羽ばたけばいいんじゃないか？
お父さんも、きっと、それを望んでいるよ」
康介は、つい説教をするような言い方になってしまう。これでは、
「アカデミー」のみんなから「うるさい親父」として、敬遠されてしま
うではないか。
（これは、まずい……）
康介は、定年後の第二のチャレンジをいろいろな手で乗り越えていこ
うと、自分に課しているのだ。
いろいろな切り口、いろいろな道……。
何かきっと、あるはずだ。
「潤一君、今度の役ピッタリね。いい味が出てるわ。はっきりしない男
の……」

「芳子さん、あ、いや『芳香』姉さん、ありがとう……」

佐々木芳子、改め、「佐々芳香」は、嫁いだ娘の役を演じている。

しっかり者の娘役が、芳香の最も得意とするところだ。

「潤一君みたいな、『だらしのない人間』の役も、やってみたいもんだわ」

「確かに、苦手な役もやった方が、芸の幅が広がるな」

いつからか、芳香は、康介の言葉を一番真摯に、素直に聞いてくれるようになった。

「実の娘以上だな……」

「ええっ？　なんか言いました？」

「いや、何でもない」

最近は、芳香よりも繭子の方が、康介にとって遠い存在になってしまっている。

（昌也君と、上手くいっていないのかな……？）

そんなことを思う時もあった。

（七）

若手のみで、「新作歌舞伎」を興行することになった。

若手の中心は、坂東鮎之介と、片岡昌也だ。

（とうとう、勝負の時が来た！）

と昌也は思う。

初顔合わせが、興行の地、「浅草」で行われた。

脚本家が、まず口火を切る。

「ディズニーのアニメのような、ファンタジックな作品にしたいと思います」

「雪の精とか？」

「雪の精では、二番煎じになってしまいますので、ここは『花の精』でいこうと思います」

「花っていうと……」

「やっぱり、『桜』です」

「桜、ですか……」

「ここは、やっぱり、歌舞伎らしく、『桜』で行きましょう！」

鮎之介と昌也が、「桜」の姉妹を演ずる。

鮎之介の演ずる姉「華」は、失恋の痛手から、世の中のすべての「花」を手折ってしまう。花のない世界に、花を取り戻そうと、昌也の演ずる「咲」が、冒険に挑む物語だ。

「お前が得する芝居だな」

「そうとは限らない。『華』は、妖艶で魅力的だ」

「勝負だな……」

望むところだ。鮎之介と、とことん戦ってみたい。

歌舞伎の伝統を守りながら、同時に新しい歌舞伎を作っていく。それを実行するのは、とても難しいことだ。

（『新しい歌舞伎』って、何だ？）

まず、そこから考えなくてはならない。

新しい芝居は、なんとかできるだろう。しかし、これから作り上げるのは、「新しい歌舞伎」なのだ。

咲「お姉さん！　みんなは、花が必要なんです！　花がないと、春がやって来ないじゃないですか！　春が来ないと、緑の季節にもならないし、夏だって来ないわ。花が咲かないと、世界は止まったままになってしまうんです」
華「もう、世界は終わりだ！　花も、緑も、風もいらない……」
咲「世界は、終わったらいけないわ」
華「私が終わりにしてあげる！」
咲「お姉さん！　それは、駄目なの！　絶対に駄目なのよ！

それをしたら、お姉さんも終わりになるのよ！」
華「私も終わるの？　そんなことはないわ。私は、一人で生きていく！」
咲「一人じゃ、生きられないのよ！　誰かがいないと駄目なのよ！　愛する人がいないと、人は生きられないのよ！」

（八）

あれは高校三年生の時の学園祭の時だ。

昌也達の「三年B組」は、創作劇『海風』を上演した。

鮎之介は、知る人ぞ知る「歌舞伎役者」だったので、「主役はやらせない」ということで、クラスメートの意見は一致した。

とはいえ、「鮎之介は客を呼べる」という意見も多数あった。そこで、この際「悪役にしてしまおう！」と、脚本担当に依頼した。

物語は、「平安時代」に設定されていて、主役の「海彦」に、昌也が抜擢された。

後から聞いた話だと、高校三年間で楽しいことが一番なさそうだった男に、「思い出作り」をさせてやろうという、クラスメート達の「思いやり」からの配役だったという。

そして、ヒロインには、クラスの男子全員一致で、愛美が抜擢された。愛美が演ずる役が、海彦の恋人の、「愛姫」だ。

クライマックスで、海彦と愛姫は、小舟で海を渡っていく。

裏方総動員で、青い布を海に見立てて、大波小波を、ダイナミックに表現する。

そこへ、二人を追って、龍の子「龍太郎」の登場だ。龍太郎に扮する鮎之介の見せ場だ。

「坂東鮎之介」見たさに集まった生徒の母親たちの、高校生にも負けない、

「キャー！　キャー！」

　という、黄色い声援が飛ぶ。

「待てっ！　二人に、海は渡らせん！」

　鮎之介の台詞には、舞台の上の昌也と愛美が凍りつくほどの迫力があった。

　死を覚悟した海彦と愛姫は、抱き合って海に身を投げるのだが、なんと、二人の前に、海は大きく裂け、二人の進む道が開けるのだ。

「待てっ！」

　二人と反対に、龍太郎は大波に飲まれ、海中に没していく。

　大迫力のラストシーンが繰り広げられた。

　カーテンコールで最後に登場したのは、昌也と愛美の主役ペアだ。

　アンコールの拍手はいつまでもなりやまず、昌也と愛美は、最後は手を取り合って、観客の前で、深く頭を下げた。

　クラスメートたちが昌也に作ってくれた、最高の「思い出」だった。

が、昌也は、創作劇『海風』の思い出を、「思い出」に終わらせたくはなかった。

（いつか、本物の舞台で、『海彦』になりたい……！）

その思いは、日に日に強くなっていった。

そして、その思いを叶えるために、昌也は、「歌舞伎役者育成所」の門を叩いたのだった。


学園祭から半年後の卒業式の後、クラスメートたちは、それぞれの道へとバラバラに別れて行った。

昌也と愛美と、鮎之介も、三人バラバラになった、と昌也は思った。

だが、実際には、卒業の前に、鮎之介は愛美にプロポーズし、愛美はそれから四年後、「梨園の妻」となった。

龍の子「龍太郎」は、海彦から愛姫を奪い、永遠に自分のものにしたのだった。

（九）

「『華』と『咲』、勝つのはどちらか？」

公演のパンフレットに書かれている通り、新作歌舞伎『千本桜』では、華と咲の対決、いや、坂東鮎之介と片岡昌也の対決を売りにしていた。

果たして、勝ったのは、どちらか？

「咲が、健気で、とっても可愛かったわ」

「華の美しさは、ぞっとする程よ」

観客の評価は、「真っ二つ」に割れた。

正に、主催者側の狙い通りだ。坂東鮎之介と片岡昌也とは、これからも「永遠のライバル」として売っていける。

特に、片岡昌也の成長は、関係者を喜ばせた。

御曹司でなくても人気者になれる。それは、歌舞伎ファン以外の人にも、希望を与える。

そして、それは歌舞伎の人気の盛り上がりとして、還元される。

「もっと、煽ろう！　千秋楽まで！」

鮎之介の浮気相手、藤野響が劇場に一観客として、堂々と現れたのは、マスコミを騒然とさせ、劇場にレポーターたちが殺到した。

それと同時に、鮎之介の妻、坂東愛美が劇場での客への挨拶に姿を現さないことが話題となる。

「藤野響は、片岡昌也と舞台で共演してるから、片岡昌也を観に来たんだろう？」

「いやあ、やっぱり、鮎之介の方だろう？」

レポーターは、藤野響を追いかける。

「鮎之介さんと昌也さんの、二人の芝居を観に来たんです。鮎之介さんにも、昌也さんにも、とってもお世話になっていますから……」

思わせぶりな発言をして、レポーターたちを煙に巻く。

響は、昌也の楽屋にやって来た。

「いい舞台ね」

「ありがとう」

「私も出たいわ」

「そりゃあ、無理だよ。君は女だ」

「だから、歌舞伎じゃない舞台でやりましょうよ。また、昌也さんと舞台がやりたいわ」

「鮎之介は、どうするんだ？」

昌也は、響の形のいい唇が、一度閉じられたのを見逃さなかった。

「別れたわ！　鮎之介さんとは……。おうちに帰るんですって」

「彼は、帰らない訳にはいかないんだ」

「……」

「鮎之介の楽屋には？」

「行かない……！」

そう言い残して、響は昌也の楽屋を出て行った。

響が置いていった真っ赤なバラの花束は、今も響がそこにいるように、昌也を見つめていた。

千秋楽の翌日、鮎之介は坂東家に戻った。が、坂東家に、妻の愛美はいなかった。一人息子の光太郎を残して、愛美は家を出たのだった。

テレビのワイドショーが、新作歌舞伎『千本桜』の千秋楽の様子を伝えた後で、小さく報じた。

「愛美さん、大変ね。どこへ行ったのか、昌也は知ってるの？」

出勤前の繭子が、昌也の顔を覗く。

康介と聡美の夫婦と一緒の、朝ご飯の最中だ。

「いや……」

愛美は、昌也に何も言ってきてはいない。

「知っているなら、愛美さんに言ってあげた方がいいよ。嫌でも、家に戻った方がいい」

と、康介。

「そうよ、お子さんだって、取られちゃってるんだし……」

聡美まで、口を出す。

「ほんとに知らないんです」

だから、心配しているんですとは、三人の前では言えなかった。

第五章　逆襲

(一)

篠原聡美は、一年かけて、「日本語教師」の資格を取得した。

そして、聡美が勉強した養成講座の就職部から、タイの日本語学校への就職を斡旋された。

「六十二歳にもなって、何もタイになんか行かなくったって……!」

康介は、妻の聡美の「タイ行き」を、勿論反対した。

「六十二歳だからこそ、タイに行けるのよ!

家庭があったり、小さい子供がいたりしたら、そう簡単にはタイになんか、行けないじゃない!

行けるのはね、若い子か、私みたいな『シニア』のどっちかなのよ」

「きっと大変だぞ！　学生だって、先生は若くて可愛い先生の方がいいに決まってる。

お前みたいなおばあさん……、いや、シニアが教壇に立ったら、きっとがっかりするぞ！」

ここは言いにくいことも、敢えて言わなければならない。

「やっぱり、駄目だったあ……！」

と言って、潔く、あっさりと帰ってくるような聡美でないことは、康介は十分に知っている。

「大変なのは、わかってるわよ、私だって。

でも、大変なことでもやる、ってことを教えてくれたのは、あなたじゃないの！

定年してから『役者』を目指そうなんて、普通の人の出来ることじゃないわ。

あなたは自分の夢をかなえるために、私との大事な『約束』を破った。ヨーロッパ旅行が『台湾旅行』に変更された時の、私の悔しい気持ちが、あなたにわかるかしら？

今回、就職部から、

『タイに行きませんか？』

『タイで就職しませんか？』

って言われた時、私は、これはきっと運命だって思ったわ」

台湾旅行、タイの日本語学校と畳みこまれては、康介に抗う言葉は見つからない。

「お母さん、ずっと専業主婦だったから、『お茶』も『お華』も習ったし、着物だって着付教室に通ったおかげで、一人で着れるわ。若い先生には伝えられない『日本の文化』も、お母さんなら、学生達に伝えられるかもしれない。

それにお母さんは、専業主婦を生かして、本をたくさん読んでいる。

私は、きっといい先生になれると思うわ！」

娘の繭子は、既に「聡美陣営」のようだ。

「昌也君は、どう思う？

私はとにかく、『お母さん』が、今から異国で暮らしていけるのかって、それが心配なんだよ」

「お母さんが、やりたいんなら、やった方がいいんじゃないですか？

まだ、十分、お若いし……。

やりたいことをやらないで我慢していると、もっと年を取って『認知症』なんかになっちゃった時に、旦那さんを『攻撃』する妻もいるって、聞いたことがあります！」

「『攻撃』……？　襲いかかるってこと？」

「そうです！　そういうことらしいです。

『私に我慢ばっかりさせて！』って感じで……」

昌也が、恐ろしいことを口にした。

（でも、確かに、そういうことも……）

あるかもしれないと思う康介だ。

「タイではね、英語が話せる人と、英語が話せない人がいるらしいわ。っていうことは、私の英語でも通じそうな気がするの。

向こうの学校は九月からなの……。まだ少し時間があるから、英語も日常会話くらい不自由しないように勉強しておこうと思うの」

聡美の心は、もう既に、「タイ」に飛んでいるかのようだった。

（二）

「はい、入れるだけ！」

にっこり笑う。

ドラム式洗濯機のコマーシャルだ。コードレスの掃除機のコマーシャルが「成功」したおかげで、洗濯機のコマーシャルのオファーを貰ったのだ。

「オッケーです！」

監督も、にっこり笑う。

昌也が、洗濯機のコマーシャルを即答で引き受けたのには、訳がある。掃除機のコマーシャルが放映された時、愛美がわざわざメールをくれたからだ。

あの時、愛美は、

「昌也が掃除機を持って笑ってる顔を見たら、どうしても会いたくなっちゃったの」

と言ってくれたのだ。

今度も、どこかで、また昌也の洗濯機のコマーシャルを見てくれるといい。

そして、昌也にメールでも電話でもなんでもいいから、連絡をくれるといい。

（どこにいるんだ？　愛美……）

　どこへでも、昌也は飛んで行く覚悟だ。

「昌也さんは主婦に人気があるからなあ。今度も、洗濯機、きっと売れますよ」

　掃除機のコマーシャルの評判が良かったので、プロデューサーの顔も明るい。

「量販店の売り場で、コマーシャルを流してくれたのが、よかったみたいですよ。

　知り合いが、売り場で僕のコマーシャルを見て、すぐに買ったなんてメールしてきましたから」

「そうなんだ！　じゃ、また、それ、やってくれるように言ってみますよ」

　どんなことをしてでも、昌也は愛美に会いたかった。

愛美は、昌也からの連絡を拒否している。

それは、昌也のことを思っていることの裏返しだと、昌也は確信している。


「『伝統工芸の夕べ』第二弾をやることになったんだけど、鮎之介さん、またゲストで出てくれないかしら？」

「出てくれるんじゃないか？　繭ちゃんが頼んだら」

「私じゃ駄目よ。昌也が頼んでよ」

鮎之介とは、今は会いたくはない。が、会わなければいけないとも思う。

「じゃ、言うだけ言ってみるよ。だけど、あいつも売れっ子になったからなあ。

もったいぶるかもしれないな、忙しいとか何とか……」

「そうかしら？」

昌也と繭子の心配をよそに、鮎之介は『伝統工芸の夕べ　第二夜』の出演を、あっさりオーケーしてくれた。

「打ち合わせを兼ねて食事をしよう」

と提案したのは、鮎之介の方だ。前に四人で食事をしたフレンチの「ボンジュール」を予約してくれとも言う。

昌也は、ちょっと嫌な予感がした。

が、「友情出演」を頼んだのは、昌也なのだから、「ボンジュール」のことは断れない。


「今回は、『消え物』を、紹介しようと思うんです」

消え物というのは、歌舞伎の芝居の中で使う食べ物のことで、本物を食べることもあれば、「フェイク」の場合もある。

繭子は、仕事となると夢中になる。いきなり仕事の話から始まるのだ。

鮎之介が、「ボンジュール」を指名してきた訳が、繭子にはわかっていない。

「僕は、繭子さんが用意してくれたものを、うまそうに食べればいいんですか？」

「そうです。鮎之介さんが食べるだけで、お客様が『キャーキャー』言います！」

仕事の話が終わった繭子を先に帰して、昌也と鮎之介は二人きりになった。

「この上にあるバーで飲み直そう」

バー「セーヌ」からは、綺麗な夜景が眺められる。

(三)

「愛美を、どこに隠した？」

鮎之介は、酔うと顔が蒼くなる方だ。少しだけ青みを帯びた顔は、整っているだけに、凄味が増している。

「俺は、知らない」

昌也は、酔うと少しだけ赤くなる。なりたくはないが、抑えられない。

「嘘をつくな！」

「本当だっ！　俺も知りたい」

「……」

「会ったら、『早く家に帰れ！』と言ってやりたい」

「あいつは、高校生の時から、ずっとお前が好きだった！

だから、俺はあいつをお前から奪った。

結婚して、俺のものにしたんだ」

今度は、昌也が黙る番だった。

（そこから、お前は間違っていたんだ！）

叫んでやりたいが、叫んでも、もうどうにもならないことだ。

（どうしているだろう？

愛美は……？）

綺麗な夜景のどこかに、愛美はいるはずだった。

「さあ、鮎之介さんが今食べている『お刺身』は、なんで出来ているのでしょうか？」

『伝統工芸の夕べ　第二夜』の司会は、第一夜と同じ、安藤紗千だ。

「わかった方、さあ、お手をお挙げ下さい！」

三人の手が挙がった。

「あ、そこの、男性の方！」

「うーん、『まぐろ』！　本物じゃないの？　どう見ても、本物に見えるよ」

「残念！　生の魚は、傷みやすいから、舞台では使わないんです。

鮎之介さん、ヒントをお願いします」

「うーん、そうですね。ヒントですか……？

これは、『甘い』です！」
「確かに、どう見ても、マグロの赤身、ですが、『甘い』んだそうです！
さあ、どなたか、お分かりになりましたか？」
「羊羹！」
「『正解』です！
正解した女性の方には、こちらの銘菓『船宿』を、プレゼントさせて頂きます！」
正解した女性が舞台に上がってきて、鮎之介から羊羹の箱入りを渡される。
鮎之介は羊羹の箱を渡した後、にっこりと笑って、女性と握手する。
女性は羊羹を渡された時よりも、更に一層嬉しそうな顔をして、舞台を下りて行った。

（四）

「『伝統工芸の夕べ　第三夜』ってのも、やりましょうよね」

というのは、革新的な「三味線」の製造元「三弦」の若旦那だ。

三味線を全く新しい「現代の楽器」として蘇らせた張本人である。

「三弦」のプレゼンテーションと演奏は、繭子の会社「ウラカタ歌舞伎株式会社」の「小道具講座」と共に、『伝統工芸の夕べ　第二夜』の目玉であったのだ。

「サイズが小さいのがいいですよね。それに、普通のよりも、ずっと安いし……」

司会をした安藤紗千は、早速、「三弦」の三味線を購入したのだ。

「うちで『三弦お稽古の会』もやっていますから、是非いらして下さいよ」

「ギャラが、早くも飛んじゃいましたあ！」

と、紗千が持ち前の明るい声で笑う。

『伝統工芸の夕べ』の打ち上げ会が、銀座の和食の老舗「西陣」で開かれている。

打ち上げ会のメンバーには、シニアも多いので、「ランチタイム」に行われている。

鮎之介が参加していないので、鮎之介ファンの安藤紗千が、皮肉にも一番の人気者になっている。

「鮎之介さん、可哀そうに、『不倫』とかで叩かれて……」

「歌舞伎役者なんだから、昔だったら、『芸の肥やし』なんて言われて、羨ましがられたもんだけどね」

自分たちこそ羨ましそうなのは、「呉服問屋」の主人と、「江戸扇子」の店の主人だ。

「鮎之介さんの奥さんは、坂東の家を出ちまったっていうじゃないか？」

割り込んできたのは、「三弦」の若旦那だ。若旦那は、若いだけに、鮎之介を羨ましがっている「筆頭」だ。

会が終わる前に、繭子と紗千は、「西陣」を出た。

結婚をして子供もいる、元アイドルの安藤紗千は、家族へのお土産に和菓子を買って帰りたいという。

「それなら、いい店があります。お子さんにも喜ばれそうな、現代風にアレンジした和菓子の店です」

繭子は、紗千と一緒に銀座に出た。知っていると言っても、名前を知っているというだけであったので、この機会に行ってみようというのが本音でもある。

銀座の和菓子カフェ「舞」で二人が注文したのは、「抹茶パフェ」だ。

「私達って、案外、冒険心がないんですね」

「確かに！

紗千さんは、きっと、『金閣寺パフェ』を注文すると思ったんですけれど……」

「やっぱり、『抹茶パフェ』ですよ。金閣寺はちょっと……」

深緑色の抹茶パフェが運ばれてきたのは、それからしばらくしてからだった。

『伝統工芸の夕べ　第二夜』で、坂東鮎之介の登場を今か今かと待っていた観客たちのように、「抹茶パフェ」の登場も、待たされた後の方が価値がある。

「ウワア！」

抹茶パフェの美しさに、安藤紗千が思わず声を上げた。

「あっ……」

繭子が声を上げたのは、抹茶パフェが想像以上に美しかったからではない。

抹茶パフェを運んできたのが、他でもない、坂東鮎之介の妻の、坂東愛美だったからだ。

愛美は、他の店員と同じ着物を着ていた。

が、愛美の着物姿は、群を抜いて美しかった。

(五)

銀座のデパートの呉服売り場には、時々、足を運んでいる。

薾子は、「歌舞伎の世界」で仕事をしているので、いつも周りは着物を着た人たちが、たくさんいた。が、「ウラカタ歌舞伎株式会社」の薾子は、仕事の時は着物を着ない。

「ウラカタ」の仕事には、着物の知識が必要とされることから、薾子は着物の着付教室にも通った。が、薾子は自分が着物を着ることには、それほど興味がなかった。

一番最後に着物を着たのは、鮎之介と愛美の夫婦と、薾子と昌也の夫婦で、フレンチ「ボンジュール」で食事をした時だ。

鮎之介に『伝統工芸の夕べ』への出演依頼をするためだった。

梨園の妻である愛美は、着物を着てはこなかったので、着物を着てきた繭子が一人浮くことになってしまって、少しばかり後悔したものだ。

今日、愛美の着物姿を見て、これからは時々着物も着てみようと思った繭子だ。

愛美の着物は、和風カフェで働く「仕事着」だったにもかかわらず、はっと目を引く程に美しかったのだ。

(昌也が惹かれるのも、無理はない……)

しかし、昌也の妻である繭子は、昌也のそんな気持ちを許すわけにはいかない。

(愛美さんだけは、許さない……)

六時。愛美との待ち合わせは、六時半だった。

繭子は、待ち合わせ場所を、フレンチ「ボンジュール」に指定した。

ぴったり六時半に「ボンジュール」に現れた愛美は、着物ではなかった。小花模様のワンピースに着替えていた。

（あの夜も、確か、花柄のワンピースだった……）

繭子は、愛美に向かって、軽く手を振った。

「先程はどうも……」

繭子の台詞を、愛美は先に言った。

「こちらこそ。でも、びっくりしたわ」

「私も……」

台詞は、またしても被った。

とりあえず、グラスワインと、サラダを注文する。

「おうちには、帰らないんですか？」

ワインを一口飲んだところで、繭子は大分落ち着いてきた。愛美と会うのは「仕事」なのだという気がしてきたのだ。

仕事となると、一直線に進んでしまうという、いつもの癖が出てきてしまう。

「帰りません……」

「でも、みんなが困っていると思うわ。特に鮎之介さんが」

「鮎之介は困りません」

愛美は、きっぱりと言い切った。

「私が困るんです！」

繭子も、力を込めて言った。

「……？」

「昌也が、心配しています。あなたのことを……」

「だから、繭子さんが困るんですか？」

「そうです。私が困るんです」

「昌也さんには黙っていて下さい！　今日、会ったこと」

「言いません、今日のことは」

（愛美の居場所を、昌也に教えてやるものか！）

と、繭子は思う。

繭子は、グラスワインを、一気に飲み干した。

（六）

聡美は、タイ行きの準備を着々と進めていた。

「日本語教師ってね、体力勝負の世界なのよ。まずは体力よ」

康介に付き合って、ジョギングもするようになった。

「昌也さんも、一緒にどう？」

「はあ……」

舅と姑と一緒に三人でジョギングとは、どんなものかと思う。

が、出勤前の繭子と二人きりというのも、慣れないせいか気が重い。

繭子は、一段と仕事が忙しくなったとかで、毎日なんとなく機嫌が悪い。

「私がタイで死んじゃったりしたら、昌也さん、きっと後悔するわよ。『ああ、あの時、素直に、お母さんと一緒に走ってやればよかった！』って……」

「やだ、お母さんたら、変なこと言わないでよ！」

さあ、昌也も一緒に行った、行った、行った！」

「なんなら、繭子も一緒にどうだ？　四人でなんて、本当に、これが『最初で最後』になるかもしれないぞ」

「最初で最後」とまで言われて、昌也は、重い腰を上げる。

「お父さんまで、『最初で最後』だなんてやめてよ！

本当にお母さんに何かあったら、あれは『虫の知らせ』だったんだな、なんて言うのよ、きっと。

やっぱり、私はやめておくわ！　四人でなんか走ってたら、凄くいい家族みたいに思われるじゃないの」

「凄くいい家族じゃないの？」

聡美が、突っ込みを入れる。

「どうかな……？」

繭子が首を傾げる、振りをする。

その目が酷く冷たいことに、昌也は気が付いた。

公園の周遊道路は、市民のための「ジョギングコース」になっている。

初夏の新緑が美しい。

「繭子と喧嘩でもしたの？」

と、昌也に聞いてきたのは、聡美の方だ。

「いいえ……」

「昌也君は、もっと亭主関白になっていいんだぞ！

もう売れない歌舞伎役者じゃないんだから」

「今のままでいいのよ。あんまり昌也さんが売れちゃうと、妻としては、案外心穏やかじゃなくなるかもしれないわ」

「お前もそうなのか？　俺が売れたら、やっぱり、心穏やかじゃなくなるのか？」

「私は平気よ。あなたは売れないもの」

「俺だって、捨てたもんじゃないぞ！　いつか、売れるかもしれない
……」

やっぱり、三人で走るのは遠慮すればよかったと、昌也は今更ながら後悔した。

「僕、もう一周走ります！」

「じゃ、私達は先に帰ろう」

もう一周はかなりきついが、仕方がない。

走りながら、三日前の繭子との会話を思い出す。

あれは、『伝統工芸の夕べ　第二夜』があった日の、翌日の夜だった。

「『打ち上げ』だったのか？」

「打ち上げは昼間やったの。おじいちゃま達が多いから。司会の安藤さんと二人で『二次会』をしてきたのよ」

「ああ、あの元アイドルの……」

「腐ってもアイドルね。やっぱり、オーラは消えないわ」

「鮎之介さんは、どうだったんだ？」

「鮎之介さんも、『仕事』となると、ちゃんとサービスしてくれる人だから……」

「なんか、言ってたか？」

「なんかって、何を？」

「いや……」

愛美のことを何か言ってなかったか、とは聞けない。

女房の口から、別の女の消息が分からないかと期待する自分が、少しおかしい。

（七）

聡美がタイへ行ってしまってから、残った三人は、朝食も晩ご飯も、一人一人、バラバラにとるという決まりを作った。

朝が早くて、夜が遅い繭子に、聡美の代わりはさせられない。

と言っても、康介が昌也の分まで作ったりするのは変だし、昌也に康介の世話をさせるのもかわいそうだ、と言う訳だ。

「三人とも、『大の大人』なんだから、自分のことは自分でやろうじゃないか！

『新しい家族の在り方』とかって、気取ってみようよ」

こう提案したのは、康介だ。繭子と昌也は夫婦なのだから、好きなだけ二人でやってくれても構わないとも、康介は付け加えた。

康介は、「平成座アカデミー」の授業のない日の朝は、「やすらぎ公園」の近くのカフェ「椎の木」の「モーニングセット」を朝食にした。

ジョギングの後でパンを食べ、コーヒーを飲んで、本を読むのは、康介にとって、「至福の時間」だ。

（聡美もきっと、幸せな時間を過ごしているんだろうなあ……）

夫婦って、一体何なんだろうと、康介は、改めて思う。

六十歳を過ぎて、「離れていても幸せ」、「離れていた方が幸せ」という時間を獲得した康介だ。

藺子と昌也の夫婦は、最近何やら「きな臭い」。

未だに子供のいない夫婦だから、「絆」みたいなものがないんじゃないか？

いや、もっと大きな、何か決定的なことが、二人に起きているのかもしれない。

彼等は、まだ若い。若いうちは、もっと苦しめばいいのだ。

康介は今、「平成座アカデミー俳優養成所　卒業記念公演脚本コンクール」に応募する脚本を書いている。

（題名は、『絆』……、うーん……、直接過ぎるかな……？）

カフェの窓越しに見える空は、「梅雨入り」前のつかの間の青さを誇っているかのようだ。


繭子は、「七月歌舞伎」に向けて、連日残業が続いている。こういう時は、朝も早い。

康介は、ジョギングに飛び出して行った。

「カフェ椎の木のモーニングは、抜群にパンとコーヒーがおいしいぞ！」

うるさい妻の聡美も、今はタイ在住だから、本当に優雅な康介だ。

正に「この世の春」を楽しんでいる。

歌舞伎の世界では、相変わらず大きな役にはつけてもらえない昌也だ。

だから、映画や舞台の仕事も大切にしようと思う。

藤野響の父親で劇団「藤」の座長、藤野勝実から、芝居に誘われている。

こんどこそ、期待に応えたいと思う。

篠原家の婿の座は、安住の地ではある。広い家、働き者の妻、物分かりのいい舅と姑、みんな自分のことに一生懸命で、昌也のやっていることに干渉はしない。

篠原家のリビングから眺める裏庭の緑が、昌也は好きだ。心を和ませてくれる緑だと思う。でも、今の昌也は、緑を眺めても、心がざわつく。

(愛美は、どうしているだろう?)

愛美が家を出る元を作ってしまったのは、昌也だ。

(助けて!)

愛美が昌也を呼ぶ声が、聞こえる。

（八）

今夜こそ、会いに行こうと思う。

和風カフェ「舞」で働く坂東愛美には、早く「坂東の家」に戻ってもらいたい。

そうでなければ、繭子は毎日落ち着くことができない。

愛美が家に戻ることが、繭子のためになるのだった。

繭子は、会社の用で銀座に出たついでに、「舞」に寄った。愛美がいるかどうかはわからないが、これは一つの賭けでもあった。

決意を込めて、「舞」の暖簾をくぐった。

果たして、賭けには負けたようだ。愛美は、いなかった。

が、このままでは帰れない。

「あのう、ここに『バンドウさん』、あっ、いえ……、その……」

抹茶パフェを運んできた、和服の店員に聞いてみる。
「もしかして、『愛美さん』のことですか？　愛美さんなら、体調を壊して……」
病気で休んでいるのだという。なんと、入院しているらしい。
（どうしよう……？）
愛美の入院先を、鮎之介に教えるべきか。それとも、昌也に教えるべきか。
（鮎之介さんに教えよう！）
それが、正しい答えだ。そして、それが、繭子自身を守る行動だ。
（私は、そんなに、お人よしじゃない！）
繭子はもう、迷わなかった。
鮎之介に連絡をすると、鮎之介は、
「ありがとう」
と一言言った後、愛美のいる病院へ駆けつけたようだ。

「坂東鮎之介　離婚回避」

という「妙な見出し」が、電車の中吊り広告に躍っている。

（離婚回避……？）

昌也は電車を降りると、キオスクで、「離婚回避」の週刊誌を買った。

「鮎之介の妻が戻る！　但し、妻は病気で、入院中！」

衝撃的な記事が載っている。

（愛美の病気とは、何だろう？　病状は重いのだろうか？）

すぐにも病院へ駆けつけたいが、昌也が行っては、不都合な状況が生まれるかもしれない。今は、じっと耐えて見守ることだ。

「愛美さん、『癌』……、だそうよ……」

「どうして、お前が？」

知っているんだと、昌也は繭子を問い詰める。

「鮎之介さんが教えてくれたのよ」

「どうして、鮎之介が、繭子に？」

「『伝統工芸の夕べ』の『二夜』をやったばっかりだからでしょ……」

筋の通らないことを繭子が言っているのにも、昌也は気が付かないようだった。

それだけ、昌也は動転しているのだろう。

「愛美さん、慣れないことをするから、身体を壊したのよ」

「慣れないことって？」

「……」

「なんか知ってるんだろ？」

「銀座の和風カフェで働いている愛美さんに、バッタリ会ったのよ。『伝統工芸の夕べ』の打ち上げの日……」

繭子が昌也に突っかかってきた夜かと、昌也は納得する。

「癌って言っても、初期だってことだから、大丈夫なんじゃないの？」

昌也は何とも答えることが出来ない。

愛美がもう手の届かないところに行ってしまったのは、確かなことのように思えた。

（九）

藤野響と一緒に舞台をやるのは、これで二度目だ。

映画も合わせると、三度目ということになる。一作、一作、響の成長には、目を見張るものがある。正に伸び盛りの女優だ。

但し、今度の舞台は昌也が主役だ。

響の父親であり、演出もする役者である藤野勝実が、昌也を買っていてくれるからだ。それは、昌也にとって、大いにありがたい。

生涯歌舞伎役者でいたいと思う昌也ではあるが、鮎之介には生涯勝てないと思う。

（やっぱり、勝てないよ、鮎之介には……、愛美……）

きっと勝つよと、愛美に約束したことが、未だ果たせていない。

「昌也君、今度の芝居で、今の君を全部出せ！」

藤野勝実は、どうしてそこまで、と思うほどに、昌也を引き立ててくれる。

（今度こそ、応えなければ……。今度が勝負だ！）

「この舞台に、今までの三十八年間の人生を賭けます！」

「顔合わせ」で、昌也は宣言した。


四十前の女性が主人公の芝居を書いている。

主人公には「佐々芳香」を推すつもりだ。「佐々芳香」をモデルにした芝居だ。

主人公の「紅暁子」は、売れない役者だ。絶世の美女ではないが、そこそこ美しい。

芝居も上手い。けれども、暁子は売れない。

「紅暁子」のもう一人のモデルは、篠原康介の一人娘、「篠原繭子」だ。繭子の一見クールな所を、「紅暁子」の中に投入する。

（紅暁子は、愛に生きるか、仕事に生きるか？）

それは、脚本を書きながら考えようと思う。主人公が悩みながら、成長していくドラマにしたいからだ。

幸いなことに、佐々芳香にも、篠原繭子にも、康介は毎日顔を合わせることが出来る。

こんなに好都合なこともないではないか。

「康介さん、脚本コンクールに応募するんですか？

頑張って、グランプリを獲って下さいね」

何も知らない佐々芳香は、元気な笑顔を康介に向ける。

「主人公をね、最後は幸せにしようか、不幸にしようか、未だに悩んでいるんだよ」

「主人公は、不幸のどん底に落としてやった方がいいですよ！

その方が、観る人は興奮しますよ」

「そうかなあ……？」

康介も、人が悪くなったものだ。

いい脚本が書けるかもしれない、と思えてきた。


愛美は幸せだろうか、それとも不幸せだろうか？

（幸せになったに決まっている……）

繭子が助けてやったのだ。愛美に感謝されることはあっても、決して恨まれることとなんかない。

そうは思うものの、後味の悪さは拭えない。

（昌也の心は、まだ愛美にある……）

人間の心は、会えないものの方に向かってしまうような気がする。

手に出来ないものの方に、執着する。

（そんな、馬鹿な……！）

藺子は迷いをふっきるように、仕事に夢中になる。いつもこうしてやって来たのだ。

(でも、これでいいのか?)

初めて自信がなくなっている。

昌也も、芝居に自信をなくしているようだ。もともと、自信など持っていないところが昌也の持ち味だったではないか。

何を今更、迷っているのだろうか?

「人を裏切るって、どんな気持ちなんだろう?」

「ええっ?　裏切るの?」

「そうなんだ。僕がやる主人公は、最後に愛する人を裏切るんだよ」

「辛い芝居ね」

「観てる人に、主人公が裏切る気持ちをわからせたいんだ」

「そりゃあ、大変!」

藺子は、わざと明るく返した。

「明るく、裏切るかな……」

昌也も軽く言ったが、心は重かった。

第六章　絆

（一）

愛美は、どうしているのだろう。病気は、どうなのだろう。

（一人じゃないんだから、大丈夫かな……？）

気持ちをふっ切るように、昌也は稽古に集中した。

藤野響は、はっきりと成長した。天使、いや、小悪魔から、しなやかな「いい女」に変身している。

（俺は、成長しているだろうか？）

いつものことながら、稽古場では、右往左往している。

「昌也さん、心ここにあらず、って感じ……」

「そんなことはないよ。僕は、この芝居に賭けてるんだ」

「ほんとかしら？　無理してるみたい」

響は時々、こちらの胸に「グサリ」と突き刺さることを言う。

「無理なんてことはないさ……」

昌也の言葉を、響は信じようとしない。

(愛美に、会いに行こう！)

愛美に会いたい！

昌也は、愛美に会いたい気持ちを、抑えることが出来なかった。


愛美は、さすがにやつれていた。

が、個室なので、二人きりになることが出来た。

「昌也に言っておきたいことがあるの……」

「……、何？」

「はっきり言うわね……。

鮎之介は、昌也のことが、『誰よりも好き』なのよ……」

「ええっ？　まあ、『友達』だからな……」

「そうじゃなくて……、鮎之介は、昌也のことを、『愛している』のよ！」

「愛してる？　俺を？」

「そうよ、誰よりも、愛しているのよ！

だから、昌也のことを好きになりそうな『女』を、先回りして、自分のものにしちゃうのよ。

私や、『響さん』を、自分のものにしようとするのよ！」

「……！」

「繭子さんだけは、別よ。昌也の奥さんだから……」

「鮎之介が、俺から愛美を奪ったことだけは、これからも決して許さない！」

「私が死んでも？」

「愛美は、絶対に、死なないよ……！」

「もう、駄目……私は……。自分のことだから、わかるわ。だから、昌也に、一つだけ、お願いがあるの！」

「お願い？」

「私が死んだら、『光太郎』をお願い！　昌也みたいな、歌舞伎役者にして頂戴！」

「鮎之介みたいな歌舞伎役者じゃなくて？」

「そうよ！　昌也みたいな歌舞伎役者にして頂戴！」

「わかった……。約束する！」

「本当に？」

「約束する！　本当に！」

「それから、もう一つ……」

「なんだ、まだあるの……？」

「最後の、お願い！」

「何？」

「一生に、一度のお願い……」

「……」

「私を抱いて！　抱いてくれたら、もう、何もいらない……」

「わかった……」

昌也は、病室に鍵をかけ、静かに、ベッドに入った。

愛美の身体は、すぐにも壊れてしまいそうに、細くて軽かった。


「会社をやめようと思うの」

繭子は、マグロを包んだ手巻き寿司を頬張りながら言った。

「たまには三人で、手巻き寿司でもしましょうよ！　私が用意するから」

繭子がそう提案した時、

（何かあるな……？）

と昌也は思ったのだ。

「手巻き寿司かあ！　いいねえ」

とはしゃいでいた康介も、繭子の爆弾宣言には、「開いた口」ならぬ、「手巻き寿司を頬張った口」が塞がらない。

「一体！」

「どうして？」

「やりたい事、もう出来たもの」

「『伝統工芸の夕べ、第三夜』をやるんじゃなかったのか……？」

言ったことをやらないのは、繭子らしくない。

「歌舞伎のチケット、これからも取れるかなあ？」

康介は、せこいことを言い出す。

「『第三夜』には、スタッフで参加させてもらうわ。

歌舞伎のチケットは、昌也がいるんだもの、大丈夫に決まってるじゃない！」

繭子はいつも、言い出したら後戻りはしない。

決意の「手巻き寿司」らしい。

「会社を辞めたら、家のことは全部私がやるんだから、昌也もお父さんも楽になるんじゃないの？」

「……」

「……」

「家のことなんか、私に出来ないと思ってるのね、二人とも」

思っていないとは、確かに言えない。

大体、家のことの第一歩が、「手巻き寿司」なのだ。

未来は、左程明るくない。

「もう一度考えた方がいいよ！」

「後で後悔しないように！」

「ウラカタ歌舞伎株式会社」の社長も、きっとそう言うに違いない。

（二）

康介の脚本『絆』の主人公「紅暁子」は、フレンチのレストランの「雇われ店長」だ。

三十九歳、独身である。いくつかの恋も、別れも経験した。

今は、「おひとりさま」が愛おしい。

しかし、女として、このまま朽ち果てるのは寂しいと思っている。

「そうだ、最後に、一世一代の恋をしよう！」

暁子の「最後の恋」が始まる。

康介は、ジョギングをしながら、脚本の構想を練る。ジョギングの後は、やすらぎ公園のカフェ「椎の木」で、思いついたことを書きとめる。

そして、「ご褒美」に、本を読む。

家に帰ると、書き留めたメモをもとに、パソコンで脚本を書く。聡美がタイで、日本語教師として働くと宣言した時は、本当に驚いた。が、聡美のいない生活も、慣れてみると中々いいものだ。

「自由」というものは、やっぱり、何よりもいい。新しい夫婦の形なんてことは、余程金のある人間達のやることだと決めていたが、そうでもないらしい。

ちょっとした勇気と努力があれば、手に入れることが出来るものだったのだ。

聡美に感謝しなければならないのかも知れない。

『絆』が、審査員の目に留まって、上演されるようなことになったら、康介はもう何もいらない。役者をやるよりも、更に面白いかも知れない。

主人公の暁子は、運命の糸を自分自身で手繰り寄せる人間にしようと思う。

運命の糸は、絡み合って、相手を求めていくのだ。

久しぶりに、聡美からメールが届いた。

「タイの日本語学校の学生は、結構熱心なので、助かっています。英語が話せない学生が大半なので、教室では『日本語』以外は使いません。これは、とてもいいことです。

ショッピングセンターや、レストランに一人で行けるようになりました。

何でも一人でやっています。『おひとりさま』って、ほんとにいいですよね！

この間は、『ディナーショー』に行きました。ショーの前の食事も、おいしかったです。

パクチーや、ココナッツミルクは嫌いだけど、ビールが好きなので救われています。

ビールって、どこの国でもおいしいんですね。

学生から、有名な『ニューハーフのショー』のことを聞きました。

そのショーをやっている所へ行くのには、学校の近くの『船着き場』から、船に乗って行くそうです。川を船で行って、ショーを見るなんて、素敵でしょ！

近々行ってみようと思っています」

（『ニューハーフのショー』か……？）

聡美がいろいろなことにチャレンジしている様子が窺われる。

六十歳を過ぎた聡美が、「ニューハーフのショー」を観に行こうとしている程に元気なのだから、『絆』の主人公も、更に元気にしなくてはならない。

主人公の「暁子」は、もう一度、自分の人生に「華」を咲かせようとするのだ。

（三）

「鮎之介さんって、幸せそうに見えるけど、あんまり幸せな人じゃないんですよね」

その原因の一部は、響が作ったものでもあるのに、それに全く頓着していないように、響は首を傾げる。

「鮎之介は、幸せな男だよ、やっぱり」

昌也には、そうとしか言えない。

「どうしてですか？」

「『奥さん』だって、家に戻ったじゃないか」

「でも、奥様、病気があんまりよくないそうですよ。この間、鮎之介さんがテレビに出た時に言ってました」

「……」

鮎之介は、確かに正直な男だから、テレビでも本当のことを言う。

(愛美の病気は、進んでいるんだ……)

昌也が抱きしめた愛美の身体は、今にも消えそうな程に、細くて、軽くなっていた。

「心配ですか？　昌也さんは、鮎之介さんの奥様のことが……」

「そりゃあ、心配だよ！　高校の時の同級生だからね」

「それだけじゃないでしょ？」

「……」

「私は知っています。鮎之介さんが、昌也さんから愛美さんを奪ったことを。

きっと今でも、愛美さんは、昌也さんが好きなんです！　鮎之介さんが私と浮気をしたのも、元はと言えば、『昌也さんのせい』です！」

「いくら責められても、僕にはもう、どうにもできないんだ……」

昌也の胸からは「赤い血」が滴り落ちている。

「私を抱いて！」

と言った愛美の細い声が、忘れられない。

昌也は、藤野勝実が演出する芝居『陽炎』に没頭した。

他には何もできない。これしかない。

次第に、役者というものは、こういうものかも知れないという覚悟のようなものが出来上がりつつあった。


「今日で、会社を辞めてきたわ」

と繭子が言ったのは、七月の三十一日のことだ。

「片岡昌也の『跡継ぎ』を作りたいわ！　これからは、『梨園の妻』よ」

繭子は「新しい仕事」を自分に課しているようだ。

それから三日後、昌也が主演の芝居『陽炎』の幕が上がった。

「裏切り」がテーマの芝居だ。

女房を裏切り、恋人を裏切り、友人をも裏切って、のし上がっていく男の物語だ。

藤野勝実は、芝居のおもしろさを昌也に教えてくれた。『陽炎』で得たものは、昌也の「歌舞伎役者」としての人生にも役立つものだと思う。

「昌也君の芝居の中で、一番いいな」

初日に観に来てくれた康介が、楽屋まで「陣中見舞い」に来てくれた。康介と一緒に来ていた繭子の目には、涙が、うっすらと溜まっていた。結婚して以来初めて見る、繭子の涙だった。

（四）

康介が応募した脚本『絆』は、第二席に入選した。

（二席じゃ、駄目だ……）

上演されるのは、第一席だけなのだ。第二席では、上演はされない。

（やっぱり、役者をやれってことか……）

第一席を獲得したのは、なんと、康介が息子のように可愛がっている「宮本潤二」だ。

が、いくら「息子」とはいえ、これは悔しい。

有名なイラストレーターが、

「友達が憎らしくなるのは、その友達が『賞』を取った時だ！」

と言っていたが、今の康介には、そのイラストレーターの気持ちが痛い程によくわかる。

「潤一君は、脚本家になった方がいいのかもしれない」

康介は、たっぷりの皮肉を込めて、潤一を祝福した。

「そうかも知れません……」

名優「宮本浩一郎」二世の潤一は、人を疑うことを知らないかのようだ。

「主役のモデルは、『康介さん』なんです！　定年を迎えた夫が、今まで連れ添ってきた奥さんに逃げられる話です」

「僕は、女房に、逃げられてはいないよ！　女房は、好きなことを始めて、飛び出しちゃったけどさ」

『ブルーローズ』Ａチームのメンバーと、「宮本潤一を祝う会」を開いたのは、その週末のことだ。

「康介さんの脚本が第一席になってたら、私が主役だったんですね？」

「そうだよ、佐々君がモデルなんだから」

「うわあ、残念！　講師に言って、康介さんの『絆』も、上演してもらいます！　私達は、今度はＢチームで」

「そうなると、僕は困るなあ。潤一君の脚本のモデルは僕だそうだから、僕はそっちの、『Ａチーム』の主役もやらなくちゃならない……」

「『主役ばっかり』で、ほんとに困りますね」

潤一が赤い顔をして言った時だった。康介の携帯電話が震えた。

繭子からだった。

「お、お父さん！　タ、タイで……！」

「タイで、なんだ？」

「『テロ』が起きたの！」

「『テロ』が、どこで起きたんだ？」

「だから、タイよ！　タイの劇場よ！」

ニューハーフの芝居がどうのこうのと、聡美のメールに書かれていたことを、康介は思い出した。

「タイの劇場で『テロ』が起きて、観客が大勢犠牲になったらしいわ！

日本人の客も、たくさんいたらしい……。

お母さん、まさか、芝居なんか観に行ってやしないでしょうね？」

「『ニューハーフのショー』がなんとかって、メールに書いてあった
……」

「まさか……！」

「すぐに帰る！」

康介は、一人、居酒屋を飛び出した。

（五）

タイの劇場での「爆弾テロ事件」は、その夜のトップニュースとなった。

死者は二百人を超えると、アナウンサーが伝えている。

「お母さんに、電話してみて！」

「繋がらないんだよ。さっきから掛けているんだけど」

康介は、「お祝い会」の酔いもいっぺんに醒めている。

「お母さん、劇場へ行くって言ってたんですか？　今日」

昌也も、繭子から連絡を貰って、急いで家に帰ってきた。

「そうなんだ！　ほら、メールには、今日の日付が書いてある」

「やっぱり、やめておけばよかったのよ。一人でタイになんか行くから、こういうことになるのよ！」

「まだ、『テロ』に遭ったって決まった訳じゃない……」

昌也の言葉は、慰めにしか聞こえない。

「劇場って、逃げ場がないからなあ」

劇場のことは、三人ともよく知っているだけに、気休めは通じない。

「『最初で最後になるかもしれないから、一緒に走りましょう！』

なんて、お母さんが言うから悪いのよ！」

繭子は悲痛な声を出した。


「こちら、事故現場に隣接するマーケットにあります『中央公園』です！」

現場からの中継に、テレビ画面が変わった。

「私の隣にいるのは、危うく難を逃れました日本人女性の『篠原聡美』さんです！」

アナウンサーの横に立っているのは、正真正銘「篠原聡美」だった。

「お、お母さん！」

「聡美！」

「お母さん！」

繭子と康介と昌也は、三人同時に叫んだ。

「ホントに、『間一髪』でしたね！」

「私、船着き場で買い物をしていて、こちらに来る船に乗り遅れてしまいまして、開演に間に合わなかったんです。

劇場まで行ったんですけれど、入れてもらえなかったんで、悔しくって、劇場の周りのマーケットで、また買い物をしていたんです。

そうしたら急に、『ドッカーン！』って大きな音がして、劇場の方で大騒ぎが始まったんです。そりゃあ、もう、びっくりしました！」

「自爆テロだったんで、犯人達もみんな亡くなってしまった模様です」

アナウンサーの顔が、再び引き締まる。

「篠原さん、テレビを通じて呼び掛けたい方がいらっしゃいましたら、どうぞ！」

「お父さん！　繭子！　昌也さん！　見てますかあ？　私はこの通り、元気です！」

聡美は、カメラに向かって、手を振った。

昌也、繭子、康介の三人は、突然の展開に、すぐには声が出ない。

「聡美は、買い物に夢中になると、時間を忘れるんだ。二人で台湾に行った時も、そうだったんだよ。おかげで、観光バスに乗り遅れたんだ！」

「お母さんが、時間にルーズな人でよかったわ！　おかげで、『命拾い』をしたんだもの」

「それにしても、堂々としてましたね、さっきの映像……。僕たちよりも、ずっと落ち着いている」

「とにかく、帰ってきてもらうわ！　タイから。なるべく早く」

（六）

空港へは、三人で迎えに行った。

康介がタイまで迎えに行くと言ったのだが、一人で帰るからと聡美は言い張り、日本を離れた時と同じように、一人きりで帰国した。

「夏休みが終わったら、またタイへ戻るわ」

「怖いじゃないか、あんな事件があったんだ」

「でも、卒業までは、面倒を見てあげたいのよ」

聡美は、一段と逞しくなったように、昌也には思われた。

「あ、荷物は、僕が……」

「いいお婿さんを持って、私は幸せだわ」

最近涙もろくなった繭子は、うっすらと、目に涙をためている。

康介は、むっつりとして、押し黙っている。

テロで犠牲になって「無言の帰宅」となった人もたくさんいるのだから、嬉しそうな顔をするのも、確かに憚られた。

「タイには、もう行くな！」

康介が、静かに言った。

藺子が会社を辞めて以来、三人で食べていた朝食に、聡美が加わり、四人となった。

朝食が終わると、康介と聡美はジョギングに出かける。昌也は時々、ジョギングに付き合うが、藺子はほとんど、ジョギングには付き合わない。

会社員時代は出勤時刻が早くて、朝食を食べ終わると、すぐにも家を飛び出して行った藺子だ。家の中でストレッチをすることの方が好きなようだ。

「コーヒー、淹れ直そうか？」

「うん」

藺子は、料理は余り上手ではないが、コーヒーを淹れるのだけは上手だ。

コーヒーフィルターで濾すだけなのだが、なかなかおいしい。

「コーヒーショップが、開けるんじゃないか？」

味を褒める代わりに、時々言ってやる。

「うん、おいしい！」

「赤ちゃんが、出来たらしいわ」

「ん……？」

「赤ちゃんが、出来たのよ！」

「そ、そうか！」

「嬉しくないの？」

「嬉しいよ。

嬉しいに、決まってるじゃないか！」

「跡取りね、昌也の」

「男か女か、まだわからないだろ……」

「私にはわかるの。きっと、男よ」

女の子であればいいと、昌也は思う。

後ろ盾のない歌舞伎役者は辛いものだ。

あ、いや、男の子であってもいい。昌也がこれから大きくなって、強い後ろ盾になればいいのだ。

そんな日が、早く来ればいい。

（七）

鮎之介の妻、坂東愛美が亡くなったのは、その年も押し詰まった十二月二十九日のことだった。

若手の登竜門となっている「新春浅草歌舞伎」が、浅草公会堂で、新春二日から幕を開ける。昌也と鮎之介を含めた九人の「売り出し中」の若手が中心となって行う歌舞伎だ。

鮎之介は、二十九日の稽古が終わると、稽古場を飛び出して行った。愛美が坂東の家に戻った時は、既に「癌」はかなり進行していたらしい。

打ちひしがれた鮎之介をとらえた映像が、年末のテレビの画面に流された。

四歳になった、鮎之介の息子、坂東光太郎のつぶらな瞳が痛ましい。

昌也は、愛美に何もしてやれなかったことを、一人で悔いた。

(さようなら、愛美)

「私を、抱いて！」

と、言って昌也を見つめた愛美が、昌也の中で蘇る。

この悲しみは、鮎之介と分かち合うことも、慰め合うことも出来ない。

責め合うことは出来ただろうが、そんなことをしても愛美が喜ばないのはわかっていた。

愛美の葬儀には、昌也は繭子と二人で出席した。

歌舞伎役者、坂東鮎之介は、いつまでも悲しみに暮れてはいなかった。今年の「新春浅草歌舞伎」の目玉は、七月歌舞伎で上演された、『千本桜』の再演だ。

歌舞伎では、「歌舞伎十八番」があるように、いい作品は、繰り返し上演されて進化させていく。「現代歌舞伎十八番」が制定される時が来たら、『千本桜』がその中に入る程に成長させたい。

「華」と「咲」の姉妹は、鮎之介と昌也でなければできないものだ。とはいえ、歌舞伎では、同じ演目を違う役者が競うというのも、見どころの一つだ。

『千本桜』が進化すれば、いつの日か、また誰かが演ずることがあるかもしれない。

そうして、歌舞伎は受け継がれていくのだ。

華「私は、お前には恨みがある」
咲「私も、お姉さんには、恨みがあります」
華「私が咲かせるのは『冬の華』だ。冬に咲く華は、厳しい。
だから、みんな、お前が咲かせる『春の花』を待ちわびる」
咲「でも、春の花は、すぐに散ってしまいます。
後を追って行こうにも、どこへ行ったらいいのかわからないんで
す」
華「二人で一緒に咲くことはできないんだ」
咲「そうでしょうか？
お姉さんと一緒に咲くことは、出来ないのでしょうか？」
華「お前が、『私のもの』になればいいんだ！」
咲「私が、お姉さんのものに？」

千本桜の舞台では、最後はたくさんの花が天上から降り注ぐ。

愛美が一人で昇って行ってしまった「天上」から、いつまでも、いつまでも降り注ぐ。

（八）

「私がタイで教えた学生が、日本へ留学してきたのよ。私の学校にね」

タイの日本語学校に戻ることを諦めた聡美は、日本にある「日本語学校」に就職した。

「よく就職できたな」

「キャリアがあるもの、タイのね。それに、資格だって、ばっちりだし」

康介が言っているのは、年齢のことだ。

が、聡美はタイでの経験を踏まえて、年齢も気にしない程、自信を持っている。

「お母さん、大したもんだわ」

晴れて「梨園の妻」となった繭子は、子育てに忙しい。

誕生した、昌也と繭子の子供は、果たして男の子だった。

「鮎之介さんの息子の『光太郎ちゃん』と、競演出来るかしら？」

「今は、年の差が開いているけれど、大きくなれば五歳の違いなんてないようなものさ」

息子、片岡勝也を、坂東光太郎に負けないように育てようと思っている繭子だ。

コンクールで第二席となった康介の脚本『絆』の主人公「紅暁子」のモデルは、半分は、「平成座アカデミー　俳優養成所」の女優「佐々芳香」、半分は娘の「繭子」だ。

紅暁子は、仕事と恋に　生き、「母」としての幸せには背を向ける。

が、繭子は、母としての幸せも、「仕事」も、両方を手にしたようだ。

「ウラカタ歌舞伎株式会社」は退社したというものの、「梨園の妻」は、代替の利かない立派な「仕事」だ。

「勝也」を立派な歌舞伎役者に育てるのは、昌也だけでは出来ない。繭子の力がいる。

そして繭子は、なんと二年後に、今度は、女の子を産んだ。

歌舞伎の家にとっては、男の子が歓迎されるのかも知れないが、康介と聡美にとっては、待望の女の子だ。

康介と聡美の二人目の孫「由美」が三歳になると、繭子は、坂東鮎之介の息子、坂東光太郎を、勝也と一緒に世話をするようになった。

愛美をなくした鮎之介が、再婚もしないで、光太郎を育てているのを見るに見かねてのことかと康介は思う。

が、それは、「昌也が繭子に」頼んだことであった。

「光太郎を、昌也みたいな役者に！」

というのが、死を前にした、愛美の願いだったからだ。

そして、繭子はまた、サラリと、しかし、力強く言う。

「私が世話をしないと、光太郎ちゃんを『藤野響』に取られちゃうかもしれないでしょ？」

「女の執念」とは、恐ろしいものだ。

（次の脚本のテーマは、『女の執念』だな……）

「執念、シュッシュッ、執念、シュッシュッ……」

と息を吐きながら、康介は緑に囲まれた「やすらぎ公園」の道を、今日もひた走る。

（九）

「新春浅草歌舞伎に、坂東光太郎（十五歳）、片岡勝也（十歳）の史上最年少コンビが登場！」

の文字が、新聞に躍っている。

坂東光太郎は、十五歳、中学三年生になった。四月になったら、父の坂東鮎之介と、母の愛美、そして、勝也の父の片岡昌也の三人が通った高校に通う。

勝也の母親の、篠原繭子は、母のいない光太郎のことを、まるで自分の息子のように世話をして、可愛がってくれた。

だから光太郎と勝也とは、まるで「兄弟」のように育った。

今十歳の勝也には、八歳になる「由美」という名前の妹がいる。

由美を見ると、光太郎の父親の「鮎之介」は、

「由美ちゃんは、ほんとに『愛美』に似てるなあ……」

と言う。

母の愛美の記憶は、光太郎には薄ぼんやりとしたものになっている。

が、父の鮎之介がしみじみと言うのだから、本当なんだろうと思う。

子供の本よりも、大人の、しかも「サンペンス」を読むのが大好きな、十五歳になった光太郎は、

（もしかしたら、由美は、繭子さんの子供ではなくて、昌也さんと『母の愛美』の間に出来た子供ではないだろうか？）

なんて、真剣に考えたことがあった。

しかし、この「疑惑」は、すぐに消えた。

由美は、母が亡くなって、二年もしてから生まれたのだ。母の子供であるわけがない。

疑惑が晴れたことで、光太郎には、一つの「希望」が生まれた。

光太郎は、由美を自分の「妻」に出来るということだ。

父の鮎之介と昌也は、母を奪い合ったという。

でも、勝也と由美とはきょうだいなのだから、光太郎は勝也と争わなくてもいいのだ。

光太郎と由美とが結婚すれば、光太郎と勝也とは、「兄弟」になれる

のだ。

兄弟になる前に、勝也と二人で『千本桜』を何度も上演したい。

そして、兄弟になった時に、最高の『千本桜』を作り上げるのだ。

父の鮎之介と、勝也の父の昌也の二人は、今や、歌舞伎界の人気を二分する「女形」だ。

(でも俺は、本当は『男』の役の方が好きなんだ……)

勝也を女形にして、勝也と二人で「名コンビ」と言われたい。

「さあ、光太郎ちゃんも、勝也も、最後に桜が降りしきるところはね、まるで天国にいるように演技するのよ！

光太郎ちゃんは、降ってくる『桜』は、お母さんの愛美さんだと思えばいいわ。

お母さんの『愛』に包まれるのよ……」

繭子さんはうっとりと言うけれど、それはちょっと違うと、光太郎は思う。

母は、もうずっと天国にいるのだ。降ってはこない。

降ってくる「桜」に、女性を感じろというのなら、光太郎にとっては、「藤野響」だ。

三十歳を超えても、人気の劣えない女優の「藤野響」は、光太郎にこんなことを言ったことがあった。

「あなたのお父さんと、勝也君のお父さんには、ちょっとばかり、『恨み』があるの……。

だから、あなたと勝也君には、『仕返し』をするかもしれないわ！」

でも、藤野響は、繭子さんに見つからないように用心しながら、光太郎と勝也を可愛がってくれる。

光太郎にはよくわからない、「不思議な人」だ。

もうじき、幕が開く。

光太郎と勝也と、父の鮎之介と、勝也の父の昌也の四人で、「円陣」を組んだ。

「さあ、行け！」

「おう！」

舞台には、光が溢れている。

華「咲！　私は、咲が好きだ！」
咲「私も、華が大好きです！」
華「それなら、いつも一緒にいよう！　一緒に暮らそう！」
咲「それは、出来ないわ！
お姉さんは、『冬の華』！　私は、『春の花』！
一緒に咲くことは、出来ないわ！」
華「ならば、私も、咲のように、『春の花』になろう！」
咲「それも、駄目！」
華「あれも駄目、これも駄目、出来ないことだらけ！」
咲「出来ることが、一つだけあるわ！」

華「一つだけ？　それは、何？」
咲「愛し合うことよ！
　愛し合うことだけが、出来るのよ！」
春の花「桜」が舞い散る上から、冬の華「雪」が舞い降りてきた。
そこに「風」が吹き、「桜」と「雪」は、一つになって、舞い上がるのだった。

著者プロフィール

九条 之子（くじょう ゆきこ）

1955年1月26日、静岡県沼津市生まれ
早稲田大学政治経済学部政治学科卒業
日本語教師
第9回「文芸思潮」エッセイ賞に「大阪遠征」で入選
著書『ヴィーナス』2012年（日本文学館）
　　『立川ジャパン　アジアの風』2018年（文芸社）

千本桜

2024年 9 月15日　初版第 1 刷発行

著　者　九条 之子
発行者　瓜谷 綱延
発行所　株式会社文芸社
　　　　〒160-0022　東京都新宿区新宿1－10－1
　　　　　　　　　　電話　03-5369-3060（代表）
　　　　　　　　　　　　　03-5369-2299（販売）

印　刷　株式会社文芸社
製本所　株式会社MOTOMURA

ISBN978-4-286-25566-8